だいわ文庫

言葉の園のお菓子番
孤独な月

ほしおさなえ

大和書房

言葉の園のお菓子番
目次

言葉の園のお菓子番　孤独な月

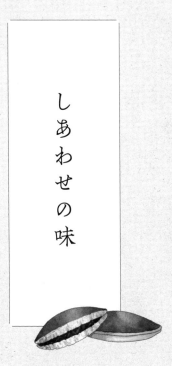

しあわせの味

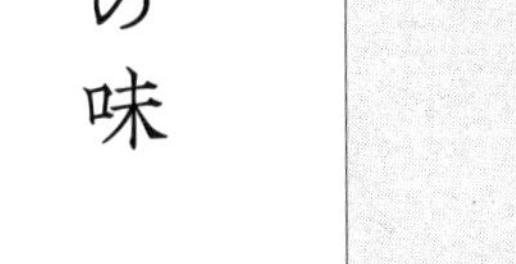

1

——突然すみません！　ちょっとお願いしたいことがありまして。

九月のはじめ、萌《もえぎ》さんからそんなメッセージが届いた。

萌さんとは、「ひとつばたご」で知り合った連句《れんく》仲間である。

今年の三月、勤めていた書店が閉店して実家に戻り、昨年亡くなった祖母の本棚から連句のノートを見つけた。

ノートにはお菓子の名前が書かれたメモがはさまっていて、その裏にいつかお菓子を持って連句会に行って、わたしのことを伝えてください、と書かれていた。

祖母が属していた連句会は「ひとつばたご」という。祖母は自分をひとつばたごのお菓子番と名乗り、毎月の連句の席にお菓子を持っていっていたらしい。

最初はお菓子を届けに行くだけのはずだったのに、誘われて連句を巻《ま》き、その楽しさに目覚め、なぜか毎月通うことになった。もちろん祖母のメモにあったお菓子はちゃんと持っていっている。

——実はわたし、以前から子どもの読み聞かせサークルに参加してまして、そこで知り合った人たちといっしょに、秋に手作りマーケットを開催することになったんです。

続けてすぐに次のメッセージが来た。

——手作りアクセサリーとか子ども服とか雑貨とか、そういうのを作るのがうまい人たちが計画したんです。小さい子がいると、保育園や幼稚園で親がいろいろ手作りしなければならないことがあるんですよ。お弁当やコップの袋とか、サブバックとか。でも自分では作れない人もいるので、そういう人たちのためにネットで受注生産しているみたいで。

——ネットで手作り品の販売を……？　すごいですね。

——作りもしっかりしてるし、希望も取り入れてくれるし、リピーターもたくさんいて、けっこうな収入になってるみたいなんです。それで、みんなで集まって即売会をすることになったんですけど、わりと大きな場所を借りられたから、もう少し人数を増やそう、って。

文のリズムが萌さんらしくて、顔が浮かんでくる。

——読み聞かせのメンバーのなかにはカフェをやってる人とか、体験農園を経営してる人もいるんです。その人たちも参加することになって。コーヒー豆とか、野菜、果物、ジャム……どれもすごい本格的なんですよ。

——萌さんはなにを販売するんですか？

——焼き菓子です。素人が食べ物を販売するのは無理かな、と思ったんですけど、母にいろいろ教えてもらって。

——お母さんに？

——母は調理師の免許を持っていて、料理教室を開いてるんです。お菓子も母に立ち会ってもらって、菓子製造業の許可のおりた料理スタジオで作らせてもらうことになりました。

——そうだったんですか。

——だからそちらは問題ないんですけど、まわりがみんな本格的なんで、単にビニール袋に入れるだけだと見劣りしちゃうなあ、って。それでタグみたいなものをつけられたら、と思って、一葉《かずは》さんに頼めないかな、と。

——タグって、紐でさげる感じのものですか？

——そうです！　ポップとはちょっとちがうんですけど、いつも見せてもらってるポップの写真がとっても素敵だったし、あれを商品タグにできたらかわいいかな、って思ってたんです。

職を失っていたわたしは、ひとつばたごのメンバーである鈴代《すずよ》さんの紹介もあり、書店員だったころの経験を生かしていろいろな店のポップを書く仕事をはじめた。まだ仕事と言えるかは微妙なところだが、とりあえず報酬も得ている。

パン屋さん、園芸店、器のお店。本以外のポップを書くのははじめてで戸惑うことも多かったが、なんとかやっている。パンも植物も器も奥が深くて勉強になるし、お店の売り上げに貢献できるのもうれしかった。

――タグは作ったことないんですけど……。お菓子の名前と説明がはいってるみたいなものですか？

――そうですそうです！　焼き菓子なので、どんなにがんばっても見た目が地味なんですよ。かといって、箱や缶まで用意すると単価があがっちゃうし。だから、包装は簡単でも、特徴のあるタグをつけたいな、と思って。

なるほど。ただお菓子を作って売るだけにはとどまらない。萌さんもなかなか凝り性で、才覚のある人なんだな、と思った。

――わかりました。はじめてですけど、ちょっと考えてみます。

――ありがとうございます！　助かります！！！！

――まずはタグのサイズやデザインのイメージを知りたいです。あと、お菓子の写真があったら送ってもらえますか？

――わかりました！　まだ試作品ですけど、お菓子ができたら写真撮って送ります。イメージもちょっと考えてみます。まだ時間があるので、次の連句会のあとにでも相談できたらうれしいです！

イベントは十月の第三土曜日曜らしい。連句会はいつも第四土曜だが、今月は主《しゅ》宰《さい》の航人《こうじん》さんの都合で第三土曜だから、そこで相談してから作るのでもなんとか間に合うだろう。

どんなお菓子なのか楽しみだな、と思いながらメッセージのやりとりを終えた。

数日後、萌さんから写真がいくつか送られてきた。

「うわあ、これはおいしそうだあ」

思わず声をあげた。手作り焼き菓子という話から、子どものころに焼いたクッキーのようなものを思い描いていたのだが、そんな想像ははるかに超えていた。きれいな形に焼きあがったショートブレッド、こんがりした色のジンジャービスケット、オーツ麦がはいっているというザクザクしたビスケット、ドライフルーツのはいったものが数種類。

どれも形はオーソドックスだが、絶対においしい、と見ただけでわかる。

だが、タグの大きさやデザインのイメージについてはなにも思いつかないらしい。

――なんか、わたしデザインとかそういうセンスがまったくないみたいで……。

サンプルがあれば、イメージに近いとか遠いとかは言えると思うんですけど。

萌さんのメッセージにはそう書かれていた。

――写真だけじゃ伝わらないと思うので、焼きあがったお菓子をいくつか、今日宅配便で発送しました。明日着くと思います。

――いいんですか？

――もちろんです！　食べてもらった方がイメージ浮かぶかな、って。じゃあ、これから下の子をおけいこごとに連れていくので……。よろしくお願いします！

萌さんのメッセージはそこで途切れた。


翌日、萌さんから宅配便が届いた。開けてみるとお菓子がはいっている。全商品を少量ずつ。写真もおいしそうだったが、実物はさらにおいしそうだった。

家にはわたしひとり。父も母も仕事で出かけている。ポップの仕事が一段落ついたところだったので、まずはお菓子を食べてみることにした。

やっぱり、これは紅茶だよね。

わたしは祖母の影響で和菓子を食べながら日本茶を飲むことが多いけれど、母は紅茶が好きだ。紅茶はやっぱりイギリスよね、と言って、いつもイギリス製の同じメーカーの紅茶を飲んでいる。

ポットに茶葉を入れて、なんて面倒なこともしない。ティーバッグ、しかもひとつずつ上品に袋にはいっているようなものではなく、アルミのパックにすごい数のティーバッグがぎゅうぎゅうに詰まったものを使っている。

母は、ここの紅茶はいつだってまちがいなくおいしいから、と言う。高級な茶葉でも淹《い》れ方によって味が落ちたり、同じ紅茶でも体調によっておいしくないときもあるけれど、そのメーカーの紅茶はいつも安定のおいしさなのだ、と。

そして実際おいしいのだ。外で素敵な名前の紅茶を飲めば、知らない香りにうっとりしたり、感動したりするけれど、毎日飲むならやっぱりうちの茶葉だ、と思う。毎日飲んでも飽きがこない。

電気ケトルでお湯を沸かし、棚から母のティーバッグをひとつ取り出してマグカップに入れる。お湯が沸いたらそのまま注ぐ。紅茶の香りがたちのぼり、早く焼き菓子を食べたい、とそわそわしながらお皿を出した。

紅茶をひと口、ショートブレッドをひと口。ふんわり漂うバターの香り。香ばしくて、サクサクして、しっかり食べ応えがある。甘すぎることもなく、素朴な素材のよさが伝わってくる。

同封の手紙によると、萌さんはイギリスのレシピをもとにしてお菓子を作っているらしい。うちの紅茶と合うわけだ。フランスの焼き菓子とちがって質実剛健なんですけど、とあったが、小細工せずにずばっといく感じが萌さんらしい気がした。

お皿に出したショートブレッドとドライフルーツビスケットはあっというまになくなり、ほかのものにも手をのばしたくなる。仕事なんだし、いいんじゃないか。そういう悪魔の誘惑も聞こえたが、我慢、我慢。残りは母と食べよう。

そう思って袋を閉じた。

おいしかったなあ。こんなにおいしいんだし、イベントでもたくさん売れるといいんだけど。だがしかし、たしかに地味ではある。焼き菓子をじっと見る。質実剛健で飾りがない。

かわいい形にくり抜かれているわけでもないし、アイシングクッキーみたいに色とりどりでもない。きちんとていねいに作られているのは見た目からも伝わってくるが、透明な袋に入れただけだと地味、というのはわかる気がした。

お菓子がよく見えるように透明な袋にするのはいい。でもそれだけだと素っ気ない。きれいなリボンをつける？　それはこの焼き菓子の雰囲気とちょっとちがう。麻紐みたいなナチュラルな感じが合いそうだよなあ。

イベント、読み聞かせサークルで知り合った友だちが企画した、って言ってたし、お客さんも子どもがいる人が多いのかなあ。手作り品が好きな女性がメインと考えると、ナチュラル系ならまちがいないような気がするけど……。

麻紐に小さなタグをつける。クラフト紙みたいなナチュラルなものがいいかな。いや、焼き菓子が茶系だから、クラフト紙だと目立たないか。そしたら白で風合いのある紙？　イギリスっぽさも出したい。

でも、イギリスっぽさって……？　行ったこともないし、よくわからない。

どうすればいいのかなあ。

袋にはいった焼き菓子を見ながら考えていた。

2

第三土曜、連句会の日がやってきた。

連句とは、複数の人が集まって、五七五の句と七七の句を交互に付《つ》けていく遊びである。

連句では次の句を作ることを「付ける」と言い、集まって連句を作ることを「巻く」と言う。出来上がった連句は一巻《いっかん》、二巻《にかん》と数える。連句の場は「座《ざ》」、集まっているメンバーは「連衆《れんじゅう》」。専門用語の連続だ。

だれかが出した句に、そこから連想した句を付けていく。付ける順番が決まっているわけではなく、みんながそれぞれ考えた句を出し、そのなかからいちばんふさわしいものを捌《さば》きと呼ばれる先生が選ぶのである。

ひとつばたごの主宰は、航人さんという。連句の場は遊びの場だから、苗字はなし、みんな名前で呼び合うことになっている。

航人さんは、なんでも思いついたものを出してくださいね、と言う。けれども、実際にはなんでもいいわけじゃない。式目《しきもく》と呼ばれる作法がいくつも決まっていて、それに合致するものでないと選んでもらえない。

ここは夏の句で、人が出てこない句がいいですね、というようなことを言われるのだが、人がいない、人がいる、というのも最初はよくわからなかった。

連句では、句を、人の出てくる句と出てこない句の二種類に分け、人情《にんじょう》あり、人情なし、と言う。人情ありのなかでも自分の句と自分以外の句、自分と他人両方出てくる句があるから、全部で四種類になる。その分け方自体が謎であるが、そのときどきに、求められるものが変わる。

前の句とはつながっていないといけないけれど、前の前の句とは離れないといけないとか、ここでは恋や宗教や死や病気は出しちゃいけないとか。

式目に引っかかる句を出すと、これはなになにだからダメですね、と言われ、苦労して句を書いた短冊《たんざく》は机の隅に寄せられてしまう。だからできるだけ規則を覚えようと思うのだが、数が多く、何度巻いてもなかなか覚えられない。

というか、覚えたつもりでも忘れてしまう。それは連句歴の長い人でも同じようで、座の先輩たちがまちがえるのを見ると、なんとなくほっとする。

最初のうちは用語や規則を覚えなくちゃ、と思うあまり混乱してしまったが、式目通りの句ができたとしても、必ず取ってもらえるわけでもないのである。

句としておもしろい、前の句との付け合いがおもしろい、前々句からの飛躍がおもしろい。三拍子そろっていないといけない。だからすごく頭を使う。

たいてい午後一時から巻きはじめ、終わるのは夜。長い時間、みんなで集まってときどき雑談しながらひたすら句を作り続ける。運動したわけでもないのに、帰りはいつもぐったり疲れている。

それだけ聞くと、なにが楽しいのか、と不思議だが、これが妙に楽しいのだ。巻いているといつも時間を忘れてしまう。

たいへんだけど、すごく楽しい。疲れるのは頭のなかで世界を駆けめぐってきたから。しかも、旅行みたいに交通費や宿泊費もかからず、遊園地みたいに入園料もない。道具もほとんどいらない。必要なのは歳時記《さいじき》と筆記用具だけ。

集まっているのが年齢も職業もさまざまの、ふだんの生活では知り合えないような人で、そういう人たちと話すのが新鮮だということもある。ともかく、まだ「趣味は連句」と言い切れるほど熟練してはいないけれど、毎月の連句会は必ず出席するようになっていた。

そして、祖母のメモにしたがって、お菓子もちゃんと持っていく。

九月のお菓子は上野《うえの》の「うさぎや」の「どらやき」である。

祖母はどらやきに目がなかった。祖父が亡くなってうちに同居するようになったあたりから食が細くなったけれど、どらやきだけはちゃんと丸ごとひとつ食べることができた。食べ終わると、ああーもうお腹いっぱい、と言って、お腹をぽんぽんと叩いていた。

元気なころは、出かけたついでにいろいろなお店のどらやきを買ってきていた。でも結局いちばんは上野のうさぎやのどらやきだった。

東京の和菓子好きならみんな知っていると思うが、うさぎやには三つの店舗がある。上野、日本橋《にほんばし》、阿佐ヶ谷《あさがや》。

祖母曰く、うさぎやさんのどらやきはどこのもおいしい。でも、わたしがいちばん好きなのは上野のうさぎやさん。そして、どらやきは焼きたてがいちばん。

うさぎやのどらやきは日持ちも翌日までなので、当日連句会の前にバスで上野に行ってどらやきを買うことにした。

根津《ねづ》駅前に出て、上野松坂屋《まつざかや》前行きのバスを待つ。すぐにバスがやってきて、いちばん前の席に座った。車窓から外をながめる。不忍池《しのばずのいけ》にはもうボートが出ていて、しばらく行くと茂った蓮《はす》が見えてくる。

蓮の花が咲く季節、祖母と見にきたこともあったっけ。蓮の花が開くのは早朝。昼ごろにはしぼんでしまうので、見にいくのはお休みの日の午前中だった。

池にいるうちに日差しが強くなり、だんだん頭がぼうっとしてくる。祖母の、なんだかこの世じゃないみたいだねえ、というつぶやきを聞いていると、蓮の花がいくつもいくつも咲いた池が極楽みたいに見えてくる。

蓮は水のなかからにょきっと立ちあがり、大きな花を咲かせる。花も葉っぱも異世界からのびてきているみたいで、子どものころはきれいだけどちょっと怖いような気もしていた。

祖母が亡くなったのは去年の二月だから、もう一年半以上経ったのだ。なんだか信じられない。

家で祖母の部屋にいるときは、もういないんだな、もう会えないんだな、とひしひしと感じるけれど、こうして外に出て祖母といっしょに行った場所をながめていると、またいっしょに来られるような気がしてしまう。

なんだかこの世じゃないみたいだねえ。

耳の奥に祖母の声が響いて、心のなかで、そうだねえ、と答えていた。

バスを降り、大通り沿いのうさぎやに向かう。いまはビルにはいっているが、むかしは木造の一軒家だったらしい。その雰囲気を残すためか、ビルの一階に木造家屋の庇《ひさし》のようなものがついていて、その上にうさぎの像がのっている。

暖簾《のれん》をくぐり、店内へ。うさぎやはなんといってもどらやきが有名だが、喜作最中やうさぎまんじゅう、上生菓子もおいしい。ほかのものもほしくなるが、ここは祖母の指定通りどらやきである。

「どらやき十個お願いします」

自分の番がやってきてそう告げると、お店の人は手際よくどらやきを包んでくれた。袋を通してあたたかさが伝わってくる。焼きたてなんだな、と思う。

祖母といっしょに、店の外で買ってすぐのどらやきを頬張ったことを思い出した。ほんのり蜂蜜《はちみつ》の香りがして、祖母は、これがしあわせの香り、と言っていた。皮はふんわりして、なかの餡《あん》はまだやわらかく、とろっとしていた。

——おいしいねえ、こんなにおいしいものを食べられるんだから、ほんとに生きててよかったなあ、って思うよ。

目を閉じて祖母が言った。

——おばあちゃんは大袈裟《おおげさ》だなあ。

子どもだったわたしはそう言って笑った。どらやきはおいしい。すごくおいしい。でも、生きててよかった、っていうのはさすがにちょっと大袈裟なんじゃないか。手元のどらやきを見ながら思った。

——大袈裟かなあ？

——大袈裟だよ。生きててよかった、って言うのはもっと……。すっごい高いお寿司やすき焼き食べたときとか、ゴージャスなお店でフランス料理食べたとき、とかじゃない？

わたしがそう答えると、祖母は目を丸くした。

——お寿司にすき焼きにフランス料理か。一葉は夢が大きいなあ。

ははははっと笑う。

——そうかな？

——まあ、夢は大きい方がいいよ。でもねえ、おばあちゃんはどらやきが好き。ゴージャスな料理もいいけど、肩が凝りそう。やっぱりどらやき食べてるときがいちばんしあわせかな。一葉もいっしょだし、おばあちゃんはほんとにしあわせだよ。

祖母にそう言われると、なんだかくすぐったい気持ちになり、でもたしかにそのときの祖母の顔はとてもしあわせそうで、そういえばしあわせっていうのがどういうものなのか、考えたこともなかったな、と思った。

フランス料理は食べたことがないからよくわからない。お寿司やすき焼きを食べたらまちがいなくおいしいし、満足するだろう。けど、しあわせっていうのは、おいしい、とはちょっとちがう気がする。

こうやっておばあちゃんといっしょにお店の前でどらやきを頬張って、おばあちゃんがしあわせだって言っている、いまのこの瞬間のほんわかあたたかな気持ち、もしかしたらこれがしあわせっていうものなのかもしれない、と感じた。

以来、なんとなく、しあわせという言葉をイメージすると、焼きたてのどらやきの形になる。まんまるで、きつね色で、ほわほわしている。

いまもほんとはここでひとつつまみたいところだが、あとでみんなで食べることを考え、ぐっと我慢した。

3

御徒町《おかちまち》から京浜東北線に乗り、大森《おおもり》へ。

今日の連句会は大田文化の森。大森駅からバスで五分ほど。建物の広場を通って、なかにはいる。エレベーターの前に蒼子さんがいた。

「蒼子さん、こんにちは」

「一葉さん」

ふりかえった蒼子さんがわたしが手にさげた袋を見る。

「あ、それ、うさぎやさんのどらやき」

うれしそうに言った。

「そうです。来る前に買ってきました」

「いつもありがとう。治子《はるこ》さんが亡くなってからはわたしもできるだけお土産持ってくるように心がけていたんだけど、治子さんのようにはうまくいかないのよね」

「今年はとにかく祖母のメモ通りに、って思って持ってきてますが、来年からも毎度毎度同じでいいのかな、飽きないかな、って心配なんですけど」

「同じでいいのよ。連句だって毎回、月や花が出るけど、飽きないもの。今月はこのお菓子って心待ちにするのも楽しいし。『いつもの』って大事なんだな、と思う」

蒼子さんがそう言ったとき、エレベーターが降りてきた。扉が開き、蒼子さんのあとについてエレベーターに乗る。

この前の会場は会議室のようなところだったが、今日は和室である。きょろきょろしながら蒼子さんについていった。

廊下のはずれに扉があって、「ひとつばたご」という看板が出ていた。なかにはいると靴箱のある前室。旅館の部屋みたいだ、と思いながら靴を脱ぐ。もう三人は来ているみたいだ。靴を見た感じ、男の人がふたりと、女の人がひとり。航人さんとだれだろう、靴の雰囲気からすると男性は陽一《よういち》さんかな。女性はわからない。蛍《ほたる》さんや桂子《けいこ》さんのじゃなさそう。鈴代さんか萌さん?

襖《ふすま》の向こうは、大きな広間だった。部屋の奥には掃《は》き出し窓があって、外には小さな庭もある。陽一さんと鈴代さんが部屋の真ん中に座卓をならべていた。

「広い部屋ですねえ」

「そうなの。今回はこの部屋しか取れなかったの。三十五畳もあるのよ」

蒼子さんが笑う。

「広いのに、なんだかちんまりしちゃいました」

座卓をならべていた鈴代さんがくすっと笑った。なにしろこちらは十人しかいないのだ。余裕を持ってならべても、真ん中の六畳程度にしかならない。

「まあ、いいんじゃないですか。あんまり広げると短冊を渡すのがたいへんだし」

航人さんが笑った。わたしは座卓や座布団を出すのを手伝い、蒼子さんは鈴代さんとお茶の支度《したく》に行った。

準備をしているうちに次々に連衆がやってきた。桂子さん、悟《さとる》さん、直也《なおや》さん、蛍さん、萌さん。今日は全員遅刻なしである。悟さん、蛍さん、萌さんもこの部屋がはじめてみたいで、広いですねえ、と言いながら部屋を見まわしている。

「これなら句を作るのに疲れたら、座布団をならべて昼寝できますね」

悟さんが笑った。

「昼寝どころか……。うちの娘たちがいたら、ごろごろごろごろ部屋の端から端までころがっていきますよ」

萌さんは手を上にのばし、くるくる回転する身振りをした。

「ヨガの教室にもよさそうですね。わたし、最近ヨガを習いはじめたんです。母に誘われて地元のヨガ教室に行くようになって」

蛍さんが言った。

「この部屋、けっこうヨガ教室なんかにも使われているみたいよ。日本舞踊とか、着付け教室とか、詩吟とか。大きな音が出るような動きがなければいいみたい」

蒼子さんが答える。

「蛍さん、ヨガできるの？　わたしも興味はあるんだけど、身体が硬くって」

萌さんが言った。

「大丈夫ですよ。わたしもはじめる前は硬かったですけど、だいぶできるようになりました。それに、ヨガってきれいなポーズを取るのが目的じゃないですから。その人なりにできればいいみたいですよ」

「そうなの？　やってみたいなあ」

「わたしも興味ある。教えてほしい〜」

鈴代さんも言った。

「うーん、そしたらスカートでもできるようなポーズをあとで……」

「その前に、まず連句をしましょうか」

航人さんが笑って言うと、蛍さんも萌さんも鈴代さんも、すみませんっ、と言って席についた。


連句がはじまる。九月だから、発句《ほっく》は秋である。連句の約束事は、なかなか覚えられないが、いまの季節からスタートするということくらいはさすがに覚えた。

そしていちばんはじめの句である発句は、挨拶《あいさつ》句。もともとは、その座を訪れた客が座の主にあいさつする、という意味を持っていた。だから、その季節、その場所を詠んだ格調高い句が求められたのだそうだ。

ひとつばたごではだれが発句を作ってもよいが、その季節や場所を詠み、これから連句をはじめるというあいさつの意味はこめることになっている。

みんな机の上に置かれた短冊を手に取る。すいすい書いている人もいれば、短冊を机に置いたまま、天井を見あげている人もいる。

前に、会場に来るまでのあいだに発句を考えておくといいわよ、と蒼子さんに言われたことがあった。道中に目にしたもの、感じたことを句にするとよいのだ、と。秋。秋だよね。今日ここに来るまでに印象に残っているものと言えば……。不忍池いっぱいに茂った蓮の葉？　でも、歳時記を見ると、蓮池も蓮の花も夏の季語みたいだ。どらやきは季語じゃなさそうだし……。

秋、秋……。わたしが歳時記をめくっているうちに桂子さんはもう一句目ができたみたいで、航人さんに手渡している。

「へえ、発句から月を出してきましたか。早いなあ、さすが。

航人さんの声にはっとした。

「ほかの人がまだできてないようなら、今回はこの句にしようかと思います」

航人さんが蒼子さんに短冊を渡す。蒼子さんがホワイトボードに句を書いた。

坂多き文士の町の昼の月　　桂子

「馬込文士村のことですね。むかしはこのあたりに画家や文人がたくさん住んでいたみたいで」

航人さんが言った。

「あ、駅前の看板で見ました」

陽一さんが言った。そういえばそんな看板が出ていた。尾崎士郎《おざきしろう》や川端康成《かわばたやすなり》、萩原朔太郎《はぎわらさくたろう》、宇野千代《うのちよ》……。いろいろな作家の名前がのっていた。

「あの、発句から月でも大丈夫なんですか？」

蛍さんが質問した。わたしも、さっき航人さんが「発句に月が来るのもおもしろい」と言ったときから疑問に感じていた。

連句には「月の定座《じょうざ》」と「花の定座」というものがある。毎回決まった場所に月の句と花の句を入れるのだ。

ひとつばたごでいつも巻いている「歌仙《かせん》」という形式では、はじめの六句を「表《おもて》六句《ろっく》」といい、一句目は「発句」、二句目は「脇《わき》」、三句目は「第三《だいさん》」と呼ぶ。古くは「客発句、脇亭主《ていしゅ》」と言い、発句はその座に招かれた客人が作り、脇はホストである亭主が付けるという習わしがあり、呼び名はその名残《なごり》なのだそうだ。

表六句のうち、五句目が最初の月の定座だ。そのあと「裏」に一ヶ所、「名残の表」に一ヶ所、月を出す場所がある。

「発句に月、蛍さんははじめてですか。じゃあ、一葉さんもはじめてですよね」

航人さんに言われ、ふたりでうなずく。

「定座はあるけど、月はあげてもこぼしてもいい、という話は前にしましたよね」

定座といっても、絶対に五句目、というわけではないらしい。月は前に出してもうしろにずらしてもいいそうで、先月も第三、つまり三句目が月だった。

「句の世界では、ただ『月』と言えば秋。それは覚えてますよね」

航人さんに言われ、蛍さんがうなずく。

月は本来秋の季語《きご》。ただ月といえば秋の月を指す。でも連句では別の季節の月を詠まなければならないときもある。そういうときは「春の月」「夏の月」など季節の名前を入れるか、春なら「朧月《おぼろづき》」、夏なら「月涼し」など、その季節の月の季語の形にするのである。

「そして、これがまた大事なことなんだけど、『素《す》秋《あき》を忌《い》む』といって、秋の句がならぶときは必ずそのなかで一句、月を出さなくちゃいけないんです」

「そしたら、月の座は表に一ヶ所、裏に一ヶ所、名残の表に一ヶ所の合計三ヶ所で、別の季節の月になるときもあるから……。つまり一巻のなかで秋が出てくるのは二ヶ所、っていうことでしょうか？」

蛍さんが言った。

「そういうこと。秋は二ヶ所で、それぞれ三句から五句続ける。一巻の連句で月の座は三回だけど、そのうち一回は別の季節の月、二回は秋の月になる」

「なるほど……。いままで意識してませんでした」

蛍さんが目を丸くした。

「月がない秋はダメだけど、花のない春はいいんでしたよね？」

直也さんが言った。

「そう。ダメなのは月だけ」

航人さんがうなずく。

「で、秋の会では発句が秋になるでしょう？」

そう言われて、蛍さんといっしょにうなずいた。

発句は当季《とうき》。つまりそのときの季節である。

「秋が出たら必ず月をあげなくちゃいけない。春と秋は三句から五句続けると言われているけど、月を五句目まで引っ張ることはあまりなくて、たいていは発句から第三のあいだに月をあげるんです」

「そういえば去年の秋の会に出たときも、脇や第三に月が出ていたような……」

蛍さんはそう言ってノートをぱらぱらとめくった。

「そうそう。脇や第三でもいい。発句でもいいんです」

「うーん、式目、むずかしいです。だいぶ覚えたつもりになってましたけど、やっぱりまだまだですねえ。規則性とか法則があればもっと覚えやすいのに」

蛍さんが悔しそうな顔になる。

「そうですよね、必然性がないっていうか。月や花に定座があること自体には慣れてきたし、月や花である理由も少しわかってきたけど、なんでそこなの、とか、流れによってはなしでもよくない？　とか……」

萌さんも言った。

「そうなんですよ。『前句には付けるけど、打越《うちこし》とは離れる』っていうのは、意図がわかるから覚えられるんですけど、全体の流れとか、季節の入れ方とかが……」

蛍さんがぼやく。

打ち越しとは、前の前の句のことだ。連句では、前の句には付いていなければならないが、その前の句とは離れなければならない。ひとところにとどまらず、次へ次へと展開していくための大事なルールである。

「式目はややこしいものだから、捌きだけがわかっていればいいんですよ」

航人さんが笑った。

「捌きが必ず、次はこんな句を、って言うでしょう？　連衆には自由に発想してもらいたいですから」

「でも、自分でわかっていたいんですよね。それに、ちゃんと覚えないといつまで経っても自分が捌くことができないじゃないですか」

「あ、萌さん、自分で捌いてみたくなってきたんですね」

蒼子さんが微笑んだ。

「いえ、まだひとりで捌けるか、って言われたら全然自信ないんですけど。でも、いつか子ども連句会とかをやってみたい気も……」

「へえ、子ども連句会。いいわねえ」

桂子さんが言った。

「いくつくらいから巻けるものなんでしょうか」

「単独の句は就学前でも作れるわよ。四歳、五歳でも作れる子はいる。つなげるのはむずかしいけど、親子連句みたいな形で大人と子どもいっしょなら小学校低学年でも大丈夫でしたよ。子どもだけの場合は小学校高学年くらいからかなあ」

蒼子さんが答える。

「巻いたことあるんですか？」

「ええ、うちの娘が小学生だったころにね。娘の小学校で夏休み、保護者の企画する勉強会や工作会がおこなわれてて、そこで連句を巻いたことが」

「あ、まさにそれです。娘の小学校でも同じような行事があって、わたしもそこで連句会をしてみたいなあ、と思って。蒼子さんはツイッター連句もしてるし、幅広くいろいろ活動してるんですね」

「自分で捌くと式目も覚えるわよ。覚えてるつもりでも、自分で捌こうとすると、あれ、ここどうなるんだっけ、ってなるから」

「そうですよねえ。やっぱりちゃんと覚えたいなあ」

「わたしもです」

蛍さんも言った。

「式目をちゃんと覚えてないとダメな座もあるみたいですよ。逆に、式目はあまり気にせず、ゆるく巻く、っていう方針のところも。ひとつばたごは、式目ガチガチじゃないけど、捌きが式目通りにうまく導いていく感じですよね」

直也さんが言った。

「みんなが式目覚えなきゃ、ってなっちゃうと、発想が小さくなっちゃう。そういうのはつまらないじゃないですか」

航人さんが笑った。

「それに、式目っていうのはルールとはちょっとちがうと思うんですよ。規則として暗記するものじゃない、っていうか。覚えるだけだと、それこそさっき萌さんが言ってたみたいな必然性のないものになってしまうでしょう?」

「ルールじゃないとすると、なんなんでしょうか」

陽一さんが訊いた。

「そうですねえ。服の着こなしや料理の作法とも似てる気がしますけど、『過去のだれかが見出した絶妙なバランス』みたいなものかな、と僕は思ってます」

航人さんが答えた。

「萌さんは『必然性がない』って言ってましたけど、長いこと巻いてると、ああ、だからここはこうなのか、と思える瞬間があるんですよね。ずっと同じ形を続けていたからそれが身体に染みこんでしまっただけかもしれませんけど」

「わかります。わたしも自分が捌こうとしたときには、すでに型みたいなものがある程度身についていたんだと思います。式目を再確認して、ああ、こういうことだったのか、とすうっとはいってきましたから」

蒼子さんが言った。

「でも、式目をもっとちゃんと覚えたい、と感じるようになったなら、萌さんや蛍さんももうその時期が近づいてる、ってことかもしれないですよね」

悟さんが言った。

「悟さんは捌いたことあるんですか」

「あります。桂子さん、直也さんも捌きましたよね。でも、僕は捌くより句を作る方が好きだなあ。気楽だし、好きなようにできるし」

悟さんが笑った。

「そうよねぇ。捌きはプレッシャーがかかるもん」

桂子さんがふぉふぉっと笑った。

「そのうち萌さんや蛍さんにも捌いてもらいましょうか。鈴代さん、陽一さんもそろそろいけるんじゃないですか」

「え、わたし？　わたしはまだ無理です」

鈴代さんがぶんぶんと手を横にふった。

「僕もまだちょっと……」

陽一さんも苦笑いする。

「捌きは捌きで楽しいこともあるんですよ。まあそのうち交代で捌いてみましょう。じゃあ、そろそろ脇をお願いしますね」

航人さんが笑った。

4

次の脇には直也さんの「響き渡るは秋蟬《あきぜみ》の声」が付き、そのあと第三、四句目と秋が続いた。五句目は雑《ぞう》、つまり季節のない句で、六句目に冬の句が付いた。

表六句が終わり、ほっと一息である。

「やった〜。おやつタイムですね！」

鈴代さんがうれしそうに言う。表六句のあいだは句も行儀よく、裏にはいったところでお酒やおつまみが許される、というのが連句の習わしだ。ひとつばたごには昼間からお酒を飲む人はあまりいないが、お菓子とお茶は必ず登場する。

袋からしずしずとうさぎやの包みを出す。

「うわあ、うさぎやさん。そうか、今月はどらやきかぁ」

鈴代さんがうっとりした顔になる。

「九月だもんね。『月といえばうさぎ、まんまるなどらやきが満月に似てる』。治子さん、よくそんなふうにおっしゃってたわねぇ」

桂子さんが言った。はじめて聞く話だった。

「中秋《ちゅうしゅう》の名月《めいげつ》は九月になることが多いでしょう？　だから月にちなんだお菓子がいいって。月見団子もいいけど、あれは十五夜の前日当日くらいしか売ってないから、連句会の日程と合わせられない。治子さん、そうおっしゃってたわ」

桂子さんが答える。だからどら焼きだったのか。うちでは月見団子を買ってきて月を見ながら食べることもあったけれど、十五夜は月に一度しかないし、連句会の日が重なることなんてそうそうないだろう。

みんなでどらやきを手に取り、包みを開く。口に近づけるとほんのりと蜂蜜の香り。頬張れば香ばしく、ふんわりした皮。なかの餡もやわらかい。

「おいしい〜」

萌さんが声をあげた。

「作りたてはちがいますよねえ」

鈴代さんもにこにこ顔だ。

「治子さん、ほんとにお菓子選びが絶妙でしたよね」

蒼子さんがうなずく。

「それはお菓子に特別な思い入れがあったからじゃないかしら」

桂子さんが言った。

「もしかして世代的なことでしょうか」

直也さんが訊いた。

世代？　どういう意味だろう。不思議に思って直也さんを見た。

「ええ。治子さんは学童疎開《がくどうそかい》の世代だから」

桂子さんが答える。

「やっぱりそうですよね。うちも父が学童疎開に行っていたので、わかります。育ち盛りのときに満足に食べられなかった。その辛さが身に染みついているから、どうしても食べものへの思いが強くなる、って」

その言葉にはっとした。

「年がいちばん下で身体が小さかった父は、食べものをほとんど上級生に取られてしまっていたようです。そもそもじゅうぶんな量じゃないのに。夜は飢えて眠れなかった、と」

直也さんは言った。

そういえば、祖母も言っていた。

——いやなことをたくさん見たのよ。弱い子はひどいことをされて、食べものも取られて。わたしはできるだけ目立たないようにしていたからそういう目には合わずにすんだけど。人っていうのは怖いものなんだって。

「学童疎開……。学校の授業で習いました。でも、そんなことがあったなんて」

蛍さんが言った。

「知らないわよねぇ。わたしは戦後の生まれだから、学童疎開のことはよく知らないの。戦後のいちばん貧しかった時代のこともあまり覚えていないし。でも、治子さんの世代は戦後、東京に帰ってきてからもたいへんだったんだと思う。空襲で家や家族を失った子どもも多かったみたいだし……」

桂子さんが言葉を濁す。

「そういう話までは教科書には載っていませんからね」

直也さんがうなずいた。

「治子さんも、だいぶ苦労されたみたいね。一度だけ聞いたことがある。家族は無事だったけど、家は空襲で焼けてしまった、って。しばらくは親戚の家に住まわせてもらったけどうまくいかなかった、とか」

そのあたりのことも一度ぼんやり聞いたことがあった。戦争がみんな壊してしまった、と。でもあまり話したくないみたいで、くわしくは教えてくれなかった。

「お父さんが畳屋さんで働くようになってからは、そこの二階に間借りするようになったとか。六畳一間に家族四人。住めるだけよかった、って」

「そういう話、貴重ですよね。わたしも祖父母に訊こうとしたことがあるんですけど、あんまりしゃべってくれなくて」

蛍さんが言った。

「みんな、話したくないんじゃないでしょうか」

直也さんがぼそっと言った。

「聞く側からしたら、『貴重な歴史の証言』って思うんですけどね。本人は語りたくないんでしょう。わたしの父も孫には言いたくないって言ってました。だれかを責めることになるし、自分がそういう貧しい、みじめな暮らしをしてた、って知られたくないって」

——おいしいねえ、こんなにおいしいものを食べられるんだから、ほんとに生きてよかったなあ、って思うよ。

どらやきを食べていたときの祖母の声を思い出す。

「だから治子さん、働くようになって、お給料で月に一度、家族にお菓子を買って帰るのが、すごくうれしかったみたい。しあわせだなあ、と思った、って」

――でもねえ、おばあちゃんはどらやきが好き。ゴージャスな料理もいいけど、肩が凝りそう。やっぱりどらやき食べてるときがいちばんしあわせかな。一葉もいっしょだし、おばあちゃんはほんとにしあわせだよ。

しあわせ、ってそういうことだったのか。

「人々が考えたことのうち後世に伝わるのはほんの一部分ですよね。名もない人の言葉は跡形もなく消えてしまう。語るのをためらう人もいる。伝わってきたとしても、後世の人間がわかることはほんのわずかなんですよね。人の想像力にはかぎりがある。同じ状況に身を置かないとわからないことの方がずっと多い」

航人さんが言った。

その通りだ。いまだって、祖母がどらやきにこめていた想いを全然わかっていなかった。祖母が毎回ここにお菓子を持ってきていた意味も、わたしといっしょにお菓子を食べていたときの気持ちも。

いっしょにいたけど、わかっていないことばかりだったんだな、と思った。

裏の二句目から恋の句が四句続いたあと、そろそろ恋を離れてもいいですね、と航人さんが言った。

前の句は鈴代さんの「あの人と暮らした日々を思いつつ」という句である。

「どらやきの句も一句ほしいところですよねえ」

蒼子さんが言った。

「あ、そうですよね。今日の記念に」

萌さんがペンを手に取る。

「どらやきかあ。まんまるで、ふんわりしてて……」

萌さんの言葉を聞いていると、祖母の言葉がよみがえり、するっと句が出てきた。

蜂蜜の香のしあわせの味

短冊を航人さんの前に置いた。

「ああ、いいですね」

短冊を見るなり、航人さんが微笑んだ。

「いいんじゃないですか。ほかの人がまだなら一葉さんのこれにしたいなあ」

「どれどれ？」

桂子さんと蒼子さんが短冊をのぞきこむ。

「いいんじゃない？　雰囲気出てると思うわ」

桂子さんがにっこり微笑む。

「そうですね、どらやきってはっきり書いてないから、洋風のお菓子みたいに読めるけど、うさぎやさんのどらやきは、蜂蜜の匂いよね」

蒼子さんが言った。

「祖母がよく言ってたんです。どらやき食べるときがいちばんしあわせって」

「じゃあ、これにしましょう」

航人さんが短冊を手渡し、蒼子さんがホワイトボードに句を書いた。

あの人と暮らした日々を思いつつ　　鈴代
　蜂蜜の香のしあわせの味　　一葉

「そしたらもうこれで恋は離れた感じですね。ええと、次は……。打越が『あの人と暮らした日々』だから『自分とあの人』で『自他半《じたはん》』ですか？　それとも、『あの人』はここにいないから、自分しかいない『自《じ》』の句と取るべきでしょうか」

萌さんが訊く。

「『あの人』は実際には登場していないから、『自』の句と考えてよいと思います。そろそろ季節を入れてもいいですね。でもまだもう一句季節なしでもいい」

航人さんが答える。

「さっき冬を入れたから、入れるとしたら夏ですよね。それで、夏のあいだに夏の月を出す……。そういうことでいいでしょうか？」

萌さんが言った。

「そうそう」

「なんとなくわかってきました」

萌さんはノートになにか書きこんでいる。

「定座はもうちょっと先ですけど、月は前に出していい。つまり、この次の五七五で、夏の月にしちゃってもいい」

「そうです」

「もし次が月じゃない夏の句だったら、次の七七で月を出す」

「萌さん、もう捌けそうですね」

航人さんが笑った。

「まとめると、ここは夏か季節なし。夏の月を出してもいい。でも、ただの夏の句でもいい。打越が『自』だから『他《た》』か『場《ば》』か『自他半』っていうことですね」

「他」は他人しかいない句、「場」は人のいない句、「自他半」は自分と他人が出てくる句のことだ。

「おお、わかりやすい」

陽一さんがうなった。

夏か季節なし。夏の月を出してもいい……。萌さんの言葉を頭のなかでくりかえす。なんだか少しわかってきたような。萌さん、お子さんがいるのもあるのかな、要領がいいっていうか、段取りをよく考えているっていうか……。

萌さんの方をちらっと見ると、もう短冊に向かっている。うーん、とうなってペンを持ち、短冊に文字を書きはじめる。途中何度か指を追って字を数え、書きあがると航人さんの前にすっと出した。

「ははあ、なるほど。これはいいですね」

航人さんがうれしそうに笑う。

「どういう句なんですか？」

桂子さんと蒼子さんが横からのぞきこむ。

「いいわねぇ」

「なつかしいですね。子どもが小さいころ、わたしもよく読みました」

「じゃあ、こちらにしましょう」

航人さんがそう言って、蒼子さんに短冊を渡した。

大鍋を運んでいくよ、ぐりとぐら

「うわ、蜂蜜の香りに『ぐりとぐら』。ぴったり〜」

鈴代さんが声をあげる。

「ほんとは、ぐりとぐらのカステラには蜂蜜ははいってないんですけどね。小さいころ憧れたんですよねえ。大人になってから何度か再現しようと試みたんですよ。見た目はまあまあいい線までいったんですけど、味はカステラっていうよりホットケーキみたいだったかな」

萌さんが笑った。

「『ぐりとぐら』、古典だけど、いまだに読み聞かせで大人気なんですよ。まず大きなたまごが落ちているところで、みんなぐうっと食いついてきて、カステラが焼けたところでうわあっと盛りあがる」

「萌さん、読み聞かせをしてるんですか」

蛍さんが訊く。

「娘の学校の保護者のサークルですけどね。学校の教室で読んだり、近所の図書館で読んだりするくらいのものなんですけど」

そういえば、手作りマーケットもその読み聞かせサークルの仲間の企画だって言ってたっけ。

「そっかぁ、だからなのかな。萌さんの句にはよく絵本やアニメが出てきますよね」

鈴代さんが言った。

「え、ほんとですか？」

萌さんはきょとんとしたが、たしかにそうだ。以前にも何度か、絵本のタイトルが登場する句を見たことがあった。

「『おおきなきがほしい』もあったし、『スイミー』とか『きんぎょがにげた』とか『モチモチの木』とかもありましたよね。『逃げ出したきんぎょ子どもの夢のなか』とか、『トトロ追いかけ走る畦道』とか……。あと『カオナシ』が出てくるのもあったような……」

「『カオナシと長い列車に乗っている』ですね。あれは僕もよく覚えてます」

悟さんが言った。

「あれ、ほんとだ……」

萌さんがつぶやく。

「いい句よね。わたしも子どもが小さいころ読み聞かせをしたりアニメを見たりしてたから。そういうときの気持ちがよみがえって、なんだかすごくなつかしくて」

蒼子さんが微笑む。

「うちもそうですよ。いや、すでに僕たちの世代にとってもアニメの世界が一種の原風景っていうかね。創作物だけど、頭のなかではほんとにあったこと、みたいなところもあると思うんですよ」

直也さんがうなずいた。

絵本やアニメが原風景……。なるほど、と思う。

そうだ、萌さんの焼き菓子のタグ、萌さんの句を使ったらどうだろう？　公募の俳句が載っているお茶のペットボトルなんかもあるし、タグに小さな読み物がついているのはちょっと楽しいんじゃないか。

短い言葉でもそこから世界が広がっていく。簡単なペン画のようなものを添えれば、物語の一部のように見えるんじゃないか。

五七五のものと七七のものがあっても、短歌や俳句に馴染みのない人ならあまり気にならないだろう。あとで萌さんに提案してみよう、と思った。

5

連句を巻き終わり、二次会へ。大森駅の近くの焼き鳥屋さんだ。

途中で萌さんのとなりに移動し、お菓子のタグに絵本やアニメの出てくる萌さんの句を使うのはどうか、と言ってみた。

「えー、わたしの句ですか？　そういう形にしちゃっていいのか、ちょっと自信がないんですけど」

「連句の一部だから、ってことですか？」

「それもちょっとはありますけど。なんていうか、連句で出してる句は自己表現だと思ってるんです。『わたし』の表現。でも、読み聞かせサークルでのわたしは、『はづきちゃんママ、ひなのちゃんママ』であって……」

「自分自身のなまの部分は隠しておきたい、ってこと？」

横から鈴代さんが言った。

「そうそれ！　なんか、素の自分を隠しておかないと、子ども関係のところではやってけないっていうか、隠しておいた方が楽っていうか……」

「わたしは子どももいないけど、そういう使い分けみたいなのはちょっとわかるなぁ。

会社に素の自分を持ちこんじゃうと、居心地悪くなっちゃうっていうか……」

鈴代さんが言った。

「そうなんですよ。夫の実家とかでも、ほんとの地の部分は出せない。まあ、考えたら、学生時代からそうだったのかもしれませんけどね。学校で見せてる自分と、ほんとの自分はちがうのよ、的な？　やだ、ちょっと自意識過剰ですね」

「でも、絵本やアニメの句は萌さんの句のなかでもお母さん度が高いっていうか……」

鈴代さんが言った。

「ああ、そうか」

萌さんがはっとした顔になった。

「意識してなかったけど、句を作るときもいくつかモードがあるんですね」

そう言って、うんうん、とうなずく。

「たしかに、商品的にも、絵本やアニメの世界観とつなげるのはいいかもしれないですね。キャラクター名がそのまま出てくる句はコンテンツを勝手に借用してるみたいでよくないと思うんですけど、イメージだけなら……」

「それで、小さなイラストをつければ物語の世界みたいになるかな、って」

そう言ってみた。

「イラスト？　でも、わたし、そういうのは全然……」

萌さんが首を横に振る。

「小さなペン画でいいんです。簡単なものならわたしも描けますし……。お子さんが描いた絵でもいいんじゃないですか？」

思いついて言った。

「子どもたちの？　ああ、それはちょっとおもしろいかも」

萌さんがふふっと笑った。

「そうですね、以前の句を見て、ちょっと考えてみます。なんならあたらしいものを作ってもいいし」

「そうですか、よかった」

案が通って、ちょっとうれしかった。

「句を使うの、悪くない気がしてきました。わたしも絵本やアニメに救われたようなところがありますし、お母さんたちのなかにも似た人がいるかもしれない」

「救われた？」

鈴代さんが訊く。

「子ども育ててると、文化的なことからどんどん遠ざかっていく気がするんですよね。大学時代は映画にはまって映画研究会に所属してたのに」

「そうなんだ」

「話してませんでしたっけ？　もともとなにか表現したい、っていう気持ちもあったんですよ。それが子どもが生まれてからは自分の時間がなくなって、そういう世界も遠ざかって、自分だけ離れ小島に取り残されたみたいになっちゃって……」

「子どものいる親戚や友だちからそういう話、よく聞きます」

　鈴代さんが言った。

「映画も全然見に行けないでしょう？　子どもが少し大きくなって、そろそろいいかな、と思って、いっしょにアニメを見たんですよ、宮崎駿《はやお》監督の『となりのトトロ』。もちろん映画館じゃなくて、家のテレビでですけど。ゆっくり映像見るのがほんとに久しぶりで、もうぼろぼろ泣いちゃって。あの、木が大きくなるところとかね。娘たちの前で大号泣して、どうしたの、って訊かれたりして……」

　萌さんは天井を見あげた。

「感性の泉がからからになってたんだな、ってそのとき気づいたんですよ。本を読もうとしても寝落ちしちゃうし、ひとりの時間は持てない。でも、子ども向けのものなら見られるし、読めるんだ、って気づいて。それで毎晩絵本を読むようになったんですけど、泣ける、泣ける。娘の前では泣かないように必死にこらえるけど、『おおきなきがほしい』とかも、娘たちが寝てからひとりで読んで泣いてました」

『『おおきなきがほしい』ですか？　わたしも大好きですけど、泣くようなところ、ありましたっけ」

　思わず訊いた。

「ありますよ、まず木の上で景色が見えるところが泣けるんですけど、それより、最後にお父さんと苗を植えるところがね、ほんと、泣けるんです。ああ、こういう話だったのか、ってはじめてわかった。これはね、親が子どもに種を託す話なんだ、って。種っていうのはつまり夢のことで……」

　そう語る萌さんの表情がきらきらと輝いている。

「よく絵本って大人になってから読むとまたちがった味わいがある、っていうじゃないですか。その意味がようやくわかった感じで。ああ、こんな複雑なことをこんなに簡潔に、って首がもげそうなくらいうなずいちゃったりして」

　子どもができて見えてくるものもあるのかもしれない。わたしもいまになってはじめて、あのときの祖母の言葉の意味が少しわかった。でもきっとこれは全部じゃない。子どもができたら、孫ができたら、そのたびにちがうことを思うだろう。

「じゃあ、その方向でお願いしようかな。よかった、一葉さんに頼んで」

　萌さんが微笑む。

「わたしも楽しみになってきました。萌さんの句と、お子さんの絵」

「いいねぇ、親子合作だ」

鈴代さんが笑った。

よろしくお願いします、と言って、ふたりで小さく乾杯した。

砂を吐く夜

1

九月の連句会が終わったあとすぐ、お菓子のタグ作りをはじめた。

萌さんと相談して、クラシックな絵本のような造りにすることにした。といっても手のひらにのる程度の大きさだから、豆絵本といったところだ。

紙をふたつ折りにしただけだと本らしくならないということで、紙を二枚重ねてふたつに折り、真ん中をホチキスで綴じることにした。表紙を含め、合計八ページになる。

表紙は飾り罫《けい》でまわりを囲み、お菓子の名前と作者の名前を入れる。

文　萌

絵　はづき

表紙の裏は印刷なし。三ページ目を扉として、もう一度お菓子の名前を入れ、四

〜五ページの見開きに萌さんの句と、お子さんの絵を配置。六ページにはお菓子の簡単な説明。裏表紙の裏は印刷なしで、裏表紙の真ん中にマーク。

わたしの仕事は表紙のデザイン、句と絵の配置、そして裏表紙に印刷するマークを作ること。袋に貼るための食品表示を記したシールは別に作成。出来上がったらデータを送り、プリンターで印刷したり冊子の形にしたりする作業は萌さんの方でおこなう、という手はずになった。

お菓子はショートブレッド、ジンジャービスケット、オーツ麦入りビスケット、ドライフルーツ入りビスケット、クルミ入りビスケットの五種類。ここまではすぐに決まったのだが、タグに使う句がなかなか決まらなかった。

――それで、子どもの意見も訊いてみることにしたんですよ。いままでわからないと思って連句のことを話したことなかったんですけど、上の子はけっこういろいろ意見を言ってくれて。

萌さんが電話でそう言った。

――上の子は少し漢字も読めるので、これまでの連句のノートやメモ書きをそのまま見せてみたんです。そしたらこれがいい、って。それがけっこう鋭いところを突いてて……。

萌さんが笑った。

——鋭い？

——結局、絵本やアニメと関係のあるものは全然なかったんです。けど、お菓子との関連はばっちりでした。いまメールで送りますね。

萌さんの上のお嬢さん、はづきさんが選んだ五つの句が送られてきた。

青空の下にテーブル広げつつ
ぱりんぽりんとかじるクッキー
水を撒く大きくなあれと願いつつ
色とりどりの果実かかえて
木の実ぽろんと頭の上に

——すごい。ぴったりじゃないですか？

——娘は、「青空の」がショートブレッド、「ぱりんぽりん」はジンジャービスケット、「水を撒く」はオーツ麦入りビスケット、「色とりどりの」はドライフルーツ入りビスケット、「木の実ぽろんと」はクルミ入りビスケットだ、って。ぴったりすぎてちょっとびっくりしちゃった。

——もうそのままでよさそうですね。

――あとで夫にも訊いてみたけど、これしかないいんじゃない、って。「ぱりんぽりん」の「クッキー」を「焼き菓子」に変えるとして、あとはこのままでいいな、と思いました。それに、もう絵まで描いてくれちゃって。

――絵も？

――絵を描くのは好きな方なんですよ。ふだんはきらきらお目々の女の子の絵を描くことが多いけど、お菓子につけるんだったらそうじゃないよね、って妙に気をまわして、動物……ネコとかネズミとかクマとか、絵本っぽい絵を描いてくれたんです。それが親バカかもしれないけど、またけっこういい感じで……。あとでスキャンして送りますね。

――すごいですね。勘がいいというか……。

――なんか、一瞬にして決まった感じで。これまで何日も悩んでたのはなんだったのか、と。自分の目の節穴ぶりが情けない。

――けっこう自分ではよくわからないものなんじゃないですか？　それに、最初は絵本やアニメにまつわる句、って話でしたし。

――まあ、そうかもしれませんけど。ともかく、絵のスキャンは今日じゅうにメールで送ります。お待たせしてしまってすみません。

萌さんはそう言って、電話を切った。

送られてきた絵はとてもかわいかった。動物たちが原っぱにテーブルを広げているもの、ネズミたちがビスケットをかじっているもの（それがまた萌さんの焼いたジンジャービスケットの形にそっくりだった）。

クマが水を撒いている絵は水飛沫《みずしぶき》から虹があがっていたり、ネコがさげたかわいいカゴに果物がはいっていたり、落ちてきた木の実が頭にあたったネズミが不思議そうな顔をしていたり。

どれも工夫されていて、とても素敵だった。萌さんに返信したあと、画像のデータと萌さんの句を組み合わせ、形を整えた。食品表示のデータもいっしょにはいっていたので、シールの方もレイアウトした。

裏表紙の真ん中には、萌さんが考えたブランド名「small picture book」をロゴっぽくアレンジしたマークを入れた。

絵本を作っているみたいで、なんだかとても楽しかった。ポップ作りも楽しいけれど、これは別種の楽しさだ。

試しにプリンターで印刷し、切り抜き、折って、ホチキスで留める。

うわあ、本だ。

たった八ページの小さなものだけど、ちゃんと本らしい形に出来上がった。ページを開いたり閉じたりしながら、なんだかちょっとどきどきしていた。もともと本が好きで書店員になったのだ。本の形のものはやはりときめく。

こういうもの、もっと作ってみたい。園芸店の「houshi」、器店の「くらしごと」でも使える気がする。今度提案してみようか。

でも、この作業は数が多いとけっこうたいへんかもしれない。萌さんは、穴を開けて紐を通し、お菓子の包みにくくりつけると言っていた。お菓子をそれぞれいくつずつ作るのかわからないが、大丈夫だろうか。

たぶんイベントの直前はお菓子作りで忙しいだろうし、タグの画像はできるだけ早いうちに送った方がよさそうだ。急いでデータをまとめ、「たいへんだったら手伝います」という文面とともに萌さんに送った。

2

十月の第三土曜日、萌さんの手作りマーケットの会場に向かった。

タグを送るとすぐ萌さんからお礼のメールが来たが、それきり連絡がなかった。心配になって一度メッセージを送ってみたが、「大丈夫です!!」という即レスが戻ってきて、その後は音沙汰なしである。

なんとなく気になってはいたが、「パンとバイオリン」のあたらしいパンのポップの仕事やネット経由で来たあたらしいお客さまとの打ち合わせなどであわただしく、連絡する間もなくイベント当日になってしまった。

どうなったのか気になって、開場前に行くことにした。地下鉄で新御茶ノ水《しんおちゃのみず》まで出て、小川町《おがわまち》から都営新宿線に乗り換える。

萌さんが住んでいるのは、わたしが前に勤めていたブックス大城のある聖蹟桜ヶ丘《せいせきさくらがおか》。だが萌さんたちのイベントの会場は聖蹟桜ヶ丘ではなく、三駅東京寄りの府中《ふちゅう》駅の近くの貸しスペースだった。

地図によると、萌さんたちのイベントのある貸しスペースは大國魂神社に向かってのびるけやき並木通りから一本小道にはいったところにあるみたいだ。

小道にはいるとすぐ、小さな古い建物が見えてきた。むかしは酒屋だったが少し前に閉店し、取り壊すまでのあいだイベント貸しをしているのだ、と萌さんから聞いていた。

入口が開いていたので、そうっとなかにはいった。いかにも古い酒屋という造りではあったが、かわいらしい雰囲気に飾りつけられている。開場前なのでまだお客さんはいない。みんな忙しそうに商品をならべている。

「すみません、宮田《みやた》さんのタグを手伝ったものなんですけど」

入口近くでブースの準備をしている女性に声をかけた。

「ああ、宮田さんの……。どうぞ、えーと、いまどこにいるんだろう」

室内を見まわすが、姿がない。

「裏かな？　ちょっと待っててくださいね」

「すみません、忙しいときに……」

「いえ、うちはもうだいたい準備できてますから。店内見ててくださいね」

女性は微笑んで、奥にはいっていった。

おしゃれな雑貨店みたいだな。店のなかをながめながら思った。天井の四隅から中央で交差するように、カラフルな三角の旗をつなげたフラッグガーランドが渡され、壁際や中央に置かれた古い木の机に商品がならべられている。

入口の向かい側は手作り雑貨コーナーで、かわいい布小物や草木染めのストール、手作りのカゴバッグなどが机の上にきれいに置かれ、奥の壁沿いのハンガーラックには子ども用の衣類がかかっている。どれもお店で売られていても不思議ではないほどの完成度だ。

入口の横には、野菜、果物のはいったカゴがずらりとならんでいる。そういえばメンバーのなかに体験農園を経営している人がいる、って言ってたっけ。葉っぱのついたにんじんや、色がきれいなサツマイモ、ごろっと大きなカボチャ。カブにダイコン、ジャガイモ、サトイモ、ナス、ルッコラ。

そして真ん中の大きな机には、コーヒー豆にジャム、お菓子。シフォンケーキやマドレーヌのとなりに萌さんの焼き菓子もあった。わたしの作った「small picture book」という本を象《かたど》ったポップも立っている。

よかった。うまくできてる。お菓子をひとつ手にとって、ほっとした。絵本型のタグもきれいにできていて、麻紐でお菓子の袋に結びつけられている。まわりとくらべても見劣りしないくらいかわいかった。

「一葉さん、来てくれたんですね」

萌さんの声がした。連句のときとはちがい、カラフルなプリント地のヘアバンドと同じ柄のエプロンを身につけ、雑貨店の店員さんみたいだった。

「あ、そのエプロンとヘアバンド……」

さっき布小物のコーナーで似たデザインのものを見た気がする。

「そう。気合入れるために、向こうのコーナーで買っちゃった。かわいいでしょ?」

「すごいですね、もうこのままほんとのお店になりそう。どれも本格的ですし」

「でしょう? まあ、野菜とジャムの人は本職だし、コーヒー豆も実際にカフェをやってる人が出してるから、ほんとにプロなんだけど。この真ん中の大きい机だけがもともとの備品で、壁際の机やディスプレイ用のハンガーラックとか棚とかカゴとかは全部持ち寄りなんですよ。みんな本気度がちがう。入口の近くにコーヒー屋さんのドリンクコーナーもありますから、あとでよかったらどうぞ」

　萌さんが微笑んだ。

「準備たいへんだったんじゃないですか」

「実は、今日はほとんど徹夜です。明け方までお菓子詰めてて」

　萌さんは、はははっ、と声を出して笑った。

「タグを絵本型に作るのもけっこう時間がかかったんじゃないかと思って……。ちょっと心配してたんです」

「いえ、一葉さんが早めに作ってくれたから、データが来てすぐに作業しちゃったんです。二日かかりましたけど、そっちはいちおう予定通りに進んだんです」

　萌さんが苦笑いした。

「でも、もともとなんか計画性が足りないんですよねえ。お菓子を焼くところまではよかったんです。母も手伝ってくれて、予定通り前日の夕方までに焼きあがって、夕食のとき娘たちに、お菓子は全部できてるからもう余裕だよ、なんて言ってたのに……。袋に詰めて、タグをつけたりするのにどれくらいかかるか、全然考えてなかったんですよねえ。家事を終えて作業はじめたのがもう十時過ぎで……」

　それからの作業ではたしかに徹夜になりそうだ。

「お菓子の入れ方もちょっと悩んじゃって。わたし、料理は好きなんだけど盛りつけるのが超下手なんですよ。一時過ぎたあたりで、あれ、全然終わってないぞ、って。そしたら、たまたま起きてた夫が見かねて手伝ってくれて」

前に萌さんが、夫は家事も得意で、と言っていたのを思い出した。

「お菓子詰めるのは夫の方が圧倒的にうまくて。おかげでずいぶんスピードアップしたんですよ。タグに穴を開けて、麻紐切るところまで全部やってくれて、流れ作業でなんとか。明け方、あなたこれ、僕がいなかったらどうするつもりだったの、って笑われて」

仲いいんだなあ、とちょっとうらやましくなった。

「けっこう大荷物だったんで、朝、夫が車出してここまでいろいろ運んでくれて。家に帰って寝るって言ってましたけど、たぶん娘たちにたたき起こされてるんじゃないかと」

「萌さんは大丈夫なんですか？　ほとんど寝てないんですよね」

「大丈夫ですよ。いまはむしろ変なテンションになってて、どこまででもいける感じ。会期明日までですから、明日家に帰ったら、がくっといきそうですけど」

萌さんは笑った。

「でも、夢のイベントだから、できるかぎりがんばりたいんです。どのお店も素敵でしょう？　いっしょにお店を開けるのがすごくうれしくて。みんな忙しいし、こんなふうに集まってお店ができるなんて、もうこの先ないかもしれないし」

　萌さんの目がきらきらしている。

「プロやセミプロの人が多いから心配だったんですけど、一葉さんの絵本タグのおかげで、みんなに好評なんですよ。お菓子もおいしいって褒《ほ》められたし」

「ええ、すごくおいしかったです。母もいっしょに食べたんですけど、知り合いの手作りって言ったら驚いてました」

「small picture book のロゴもかわいくて、お店やってるみたいな気分になったし。この小さい絵本もお菓子も、これからももっと作りたいなーって。一葉さんのおかげです」

「いえいえ、そんな……」

　喜んでもらえたのがうれしかった。

「あとは売れるといいんですけど……。ドリンクコーナーにもお菓子置かせてもらったんで、いっしょに買ってくれる人がいるかも、って」

　入口の方から、時間になりました、オープンします、という声がして、お客さんがはいってきた。

店内の品物を見ていると、いつのまにか一時間以上経っていた。布小物やお菓子、野菜にコーヒー豆を買って、そろそろ帰ろうかと思っていたところでうしろから声をかけられた。

「こんにちは」

ふりむくと蛍さんがいた。

「あ、蛍さん」

「実はうちは調布《ちょうふ》なんです。近いから来てみようか、って」

蛍さんが言う。うしろに、蛍さんよりさらに若い女の子がいた。髪をうしろでひとつ結びにして、丸いメガネをかけている。

「妹なんです」

蛍さんが彼女を指して言った。

「いま高校一年生で……」

「こんにちは。蛍の妹の海月《くらげ》です」

うしろの女の子がはきはきと言った。

「クラゲちゃん？」

変わった名前だ、と思いながら女の子の顔を見ると、にまにまっと笑っている。

「いえ、それは本名じゃなくて……」

蛍さんがあわてて言った。

「え、連句では本名じゃなくていい、って言ってたじゃない？　お姉ちゃんだって、蛍って名乗ってるんでしょ？」

女の子が言った。

「まあ、それはそうだけど……」

蛍さんが困ったように言った。

「いいよ、海月ちゃんで。わたしは一葉。本名だけど、連句でもこの名前です」

笑って答えた。ちょっと変わった子だなあ、と思う。蛍さんとはまたちがう。マイペースというか、個性的というか。でも表情に愛嬌があって憎めない感じだ。

「萌さん、今日はほとんど徹夜だったんだって」

「ひええっ、徹夜！　それはたいへん」

蛍さんが悲鳴をあげた。

「でも、楽しそうだよ」

商品の前でお客さんと話している萌さんの方を見る。眠そうな感じはまったくない。数人のお客さんにかこまれて、表情がかがやいている。

「萌さんの焼き菓子を買おうと思ってきたんですけど、いまは近づけないですね」

蛍さんが笑った。

「お姉ちゃん、にんじんあるよ」

海月さんの声がした。

「なんか、細くて、葉っぱついてるの」

「ちょっと待って」

蛍さんが言った。

「萌さんのお店もいいけど、ほかのところも見た方がいいよ。どのお店もすごく素敵だから。わたし、小物も野菜もコーヒー豆も買っちゃった」

手にさげた袋を持ちあげる。

「そうなんですね。そこまでお金ないんですけど……。でも楽しそう」

「とりあえず、海月さんのところに行ってみよう。野菜、おいしいよ。ちょっと試食させてもらったけど、新鮮で、香りがよくて」

なぜか営業トークになっていた。

「お姉ちゃん、見て。この細いにんじん。こういう種類なんだって。そのまま食べてもおいしいらしいよ」

海月さんが言った。

「へえ」

蛍さんはうなずき、カゴにはいった野菜をひとつずつじっくり見はじめた。

「あ、あっちにコーヒー豆もある」

海月さんは次に移動していく。

「ちょっと待ってったら。いま見てるのに……」

蛍さんはぶつぶつ言いながら海月さんのあとを追った。

「コーヒー豆もジャムもおいしそう。パッケージもおしゃれだし」

海月さんが真ん中のテーブルをぐるっとまわる。

「あっちには雑貨もあるみたいだよ。食べ物はあとにして、まず雑貨から見よう。買うのは最後」

蛍さんが言った。雑貨が先で食べ物があと。なるほど、理にかなっている。さすが姉、というか、しっかりした蛍さんらしい。

海月さんも素直にしたがい、雑貨コーナーへ移動する。

「へえ、リバティのプリントなのかあ。柄が素敵ですねえ」

布小物を見ながら蛍さんが言った。

「おお、このヘアバンド、かわええ」

海月さんが言う。かわええ……？　最近の女子高生はこんな言葉遣いなのか。

「便利そうだね。しっかりまとまりそうだし」

蛍さんの方は実用性重視みたいだ。

「ポーチや文庫カバーもかわいいなあ。ほしくなっちゃう。でもそんなにお金持ってないし、萌さんのお菓子買わなくちゃいけないし……」

「大丈夫だよ。お母さんから軍資金受け取ってきたから」

海月さんが胸を張る。

「え、いつのまに……」

「お菓子や野菜もあるみたいだって言ったら、おいしそうなものがあったら買ってきて、って。だから、食べ物はお母さんからもらったお金で買えばいいし」

「あんたはもう……」

蛍さんがあきれたように言った。

「でも、じゃあ、布小物、ひとつくらい買っちゃおうかな」

「わたしはこっちのヘアゴムにする」

ふたりで言い合いながら品物を選んでいる。結局、蛍さんはがま口ポーチ、海月さんはかわいい布のくるみボタンのついたヘアゴムを二種類買っていた。

萌さんのところもさっきのお客さんとの話が終わったみたいで、あわててそちらに移動した。

「蛍さんも来てくれたんだ。ありがとう」

わたしたちを見た萌さんが言った。

「ごめんね、お待たせしちゃって」

「いえ、ほかのお店を見られたので……。どこも素敵ですね。布小物を買っちゃいました。あ、こちらは妹で……」

蛍さんが海月さんを指す。

「海月です。高一です」

海月さんがぺこっとお辞儀した。

「クラゲさん……？」

萌さんも首をかしげた。

「いえ、本名じゃなくて……ハンドルネーム、のような……」

蛍さんが恥ずかしそうに言った。

「ああ、なるほど、そういうこと」

萌さんが深くうなずく。

「そういえば、鈴代さんや蒼子さんも来る、って言ってましたよね」

「鈴代さんは明日になるって連絡があった。蒼子さんはまだ……」

「あのお、すいません」

横から海月さんの声がした。

「これが萌さんの作ったお菓子なんでしょうか？」

ショートブレッドの袋を手に持って、萌さんに詰め寄った。

「そ、そうだけど……」

萌さんがたじろぐ。

「このタグ……超絶素敵なんですけど……！」

「わあ、すごい、本の形になってる。なかにはいってるのは萌さんの句とお子さんの絵なんですよね」

横から蛍さんものぞきこんだ。

「お子さんとの合作……。くっ、センスよすぎて……神か……」

海月さんが繰り出してくる言葉が新鮮で、なんだか笑いそうになる。

「お菓子もおいしそうですけど、この豆本を全種類そろえたくなりますね」

蛍さんが言った。

「デザインしてくれた一葉さんのおかげなんですよ」

「え、これデザインしたんですか！　まじ天才ですね！」

海月さんがじっとこちらを見る。

「いえ、まあ、いろいろ話し合ううちにこういう形になっただけで……」

もごもごと口ごもりながらようやく答えた。

蛍さんたちが焼き菓子とコーヒー豆、野菜類を買ったあと、ドリンクコーナーに寄った。蛍さんとわたしはコーヒー、海月さんはリンゴジュースを買い、店の外の木のベンチにならんで座る。

海月さんは学校では図書委員をしているらしい。とはいえ、お姉ちゃんほど本を読んでるわけじゃないんですけど、と笑っていた。

蛍さんが買い忘れたものがある、と店に戻り、海月さんとふたりになった。

「海月さん、すごいよね。大人に対しても物怖じしないし」

「そうですか？」

「うん、蛍さんと似てしっかりしてるっていうか」

「姉とは似てないですよ。姉はしっかりしてるけど、わたしのはしっかりじゃなくて、ちゃっかりだって、よく父に言われます。それでもまあ、うっかりよりはマシかもしれないですけど」

海月さんがすらすらという。ダジャレみたいなものだけど、こういう言葉遊びが素早く出てくるのはきっと頭がいいからだろう。

「姉とちがって優等生でもないですし。姉はね、すごいんです。試験のときもギリギリまでがんばる。自分の力を一二〇パーセント出すタイプですね。でもわたしはそこまでがんばれないから、八〇パーセントでできるところまでしかねらわない」

「そうなの？」

「小学校のときの先生に言われたことも大きいかな。その先生、高校受験のとき、第一志望を自分がねらえる高校よりひとつ下のランクの学校にしたらしいんです」

「どうして？」

「担任の先生にそう勧められたとかで。不思議でしょう？　あと少しがんばればここにいける、って上を目指すのがふつうだと思うんですけど。でも先生は自分にとってはそれがよかった、って。中学校生活も満喫できたし、高校にはいっても余裕でスタートを切れた」

「なるほどね。ぎりぎりではいると、はいったときから苦しいもんね」

「身の丈に合った、っていうやつですかね。上を目指してがんばれるタイプの人もいると思うんですけど、わたしは無理だな、って。いまも勉強より委員会活動の方が楽しいし。次のことのために、いまのことをおろそかにするのもなんかちがうかな、って」

「そうか、やっぱり海月さんはしっかりしてるよ」

なんというか、高一でここまで自分のことを客観的にとらえられていること自体、すごいことだと思った。

「わたしは姉みたいに表現者になりたいとは思わないんですよね」

そういえば蛍さんは大学の創作コンクールで優勝した、と言っていた。夏休み中に長編小説を書く、とも言ってたっけ。

「でも、ナニモノかになりたい、っていう気持ちはちょっとわかります」

「ナニモノって？」

「うーん、なんていうか、オンリーワンの存在ですね」

「オンリーワン」

思わずくりかえす。

「むかしはシェイクスピアとかトルストイとかドストエフスキーだったんだと思うんですよね。でも、二〇世紀はやっぱりディズニーとかスティーブ・ジョブズとかじゃないですか？　だから、二十一世紀はまた別の形があると思うわけで」

海月さんが空を見あげる。ぽっかり浮かんだ雲が、ゆっくりと流れていく。

「とはいえ、自分がそういう秀でた存在になれるとも思えないし。でも、別になにかを成し遂げても成し遂げなくても人生って終わりますよね。それだったらいまを楽しむのがいちばんかな、とも思いますし」

うわあ、なんか恐るべき高校生だ。ここまで達観しているとは。

「うち、三人姉妹なんです」

「え、そうなの？」

蛍さんに海月さんという妹がいることすら今日はじめて知ったのだ。さらにもうひとりきょうだいがいるとは。

「姉がいちばん上で、わたしは真ん中。もうひとり下に妹がいて、妹はまた姉とちがった意味ですごくしっかりしてるんですよ。いちばんコミュニケーション能力が高くて、人の役に立つ仕事がしたい、って。まだ中学生だけど、教育とか介護方面を考えてるみたいで、それもそれで立派だなあ、と。姉と妹にくらべたら、わたしはただいい加減なだけって感じですよ」

そう言って、ははははっ、と笑った。

「あ、でも、さっきのお菓子のタグのデザイン、あれはほんとすごいな、って思いました。尊敬します。自分のセンスを自己実現に使うんじゃなくて、ほかの人の役に立つように使ってるじゃないですか。そういうの、かっこいいな、って」

かっこいい……かな？

わたしの場合はいちばんになれるほど誇れるものがなかっただけなんだけど。

「単一目的の巨大な武器を持ってても、うまく使えなかったら終わりじゃないですか。使い方を柔軟に変えられる武器の方が結局使い勝手がいい気が……」

海月さんのめちゃくちゃ割り切った発言に驚き続けていた。自分が高校生のころを思い出し、わたしはこんなふうに自分のことをわかっていただろうか、と思う。

もっとなんとなく生きてた。別に得意なこともなくて、ふつうに生きて、ふつうの仕事につければいい、と思っていた。

だけど。「ふつう」なだけで生きていけるほど世の中甘くない。仕事を失ってそう気づいた。ようやくなんだ。フリーでポップを作る仕事をするようになってはじめてわかった。仕事というのは人の役に立つことをするということで、そのためには頭を使ったり技術をみがいたりしなければならないのだ、と。

──一葉さんの絵本タグのおかげで、みんなに好評なんですよ。

さっきの萌さんの言葉を思い出した。人の役に立てるのはしあわせなこと。特技というのはそのために必要なんだ、と思った。

買い物をすませた蛍さんが外に出てきて、萌さんにあいさつしてから三人で駅に向かう。蛍さんたちはこのまま家に帰るらしく、調布で電車を降りていった。

3

一週間後は十月の連句会だった。十月のお菓子、「いもようかん」を買いに西巣《にしす》鴨《がも》の「土佐屋《とさや》」に寄る。

いもようかんといえば「舟和《ふなわ》」が有名だが、祖母はしっとり系の舟和より、ほっくり系の土佐屋の方が好きだったようだ。

舟和の「芋ようかん」はなめらかで、お菓子、という感じがするが、土佐屋の「いもようかん」は繊維質も残っているし、調味料も最低限、生クリームやバターもはいっていないので、焼き芋そのもののようなほくほくした食感である。

千駄木《せんだぎ》駅近くの団子坂下《だんござかした》からバスで西巣鴨方面に向かい、駅のひとつ前の新庚申塚《しんこうしんづか》で降りる。土佐屋はそこから五分ほどまっすぐお岩通りを歩き、都電荒川線の線路を渡ったところにある。

近くを通る都電を見ながら、これに乗っていけば「パンとバイオリン」のある町屋《まちや》に行けるんだな、と思った。

いもようかんを買ったあとは西巣鴨の駅まで歩いた。今日の会場は池上会館。池上からでも西馬込《にしまごめ》からでも歩いていけるようだが、乗り換えアプリを見ると西馬込に行く方が早そうだ。それで、前回と同じように西馬込から歩くことにした。

都営三田線で三田《みた》まで行って、都営浅草線に乗り換える。

そういえば、萌さん、イベントのあとどうしたかな。あのときは元気だったけど、終わったらぐったりしてしまったんじゃないだろうか。

蛍さんの妹の海月さん、おもしろい子だったなあ。会場の外でふたりで話したときのことが印象深く、あれから何度か思い出していた。

鈴代さんや蒼子さんも来たんだろうか。お菓子は完売したんだろうか。

今日萌さんが来ていたらいろいろ訊いてみよう、と思った。

西馬込の駅から途中までは前と同じ道を歩いた。坂をのぼり、くだり、またのぼる。このあたりは坂が多く、九十九谷《つくもだに》と呼ばれている、と聞いた。本門寺《ほんもんじ》の墓地を通り、池上会館の屋上の入口へ。エレベーターで下におりる。メインの入口は下にあるらしいが、結局前回は使わずじまいだった。

会場の会議室に着くと、鈴代さん、萌さん、陽一さんがお茶の支度をしていた。

「一葉さん、この前はありがとうございました」

わたしの顔を見るなり、萌さんが言った。

「いえいえ。萌さん、あのあと大丈夫でしたか？」

「ええ、なんとか。月曜日、子どもたちを学校と幼稚園に送り出してから爆睡してしまいましたけど」

「お菓子はどうなったんですか？」

「完売したんですよ〜。しかも二日目の途中で」

萌さんが笑顔になる。

「ほんとですか？　おめでとうございます」

「そうなんだよぉ。わたしは日曜の午後イチに行ったんだけど、もう売り切れちゃってたのもあって。二種類しか買えなかった」

鈴代さんが残念そうに言った。

「蒼子さんは？」

わたしが訊くと、萌さんと鈴代さんが顔を見合わせた。

「それが、結局いらっしゃらなかったんです。今日もお休みみたいなんですよ」

「え、お休み？　めずらしいですね」

ほかのメンバーはお休みするときもあるけれど、航人さんと桂子さん、蒼子さんだけはいつもいる印象だったので、意外な気がした。

「直前に桂子さんのところに連絡があったみたいで」

鈴代さんが言った。聞けば、いつも会場を取ったり、みんなが使う短冊を用意したりするのは蒼子さんの役割らしい。なにも手伝わずにいた、と申し訳ない気持ちになった。

「メールの連絡も蒼子さんがしてくれてるし、治子さんがお菓子番なら、蒼子さんは番頭さんだよね」

鈴代さんが言った。

「でも、これからはわたしたちもなにか少し手伝った方がいいですよね。短冊の紙を切るくらいならだれでもできますし」

　萌さんに言われ、うなずいた。

　室内を見ると、航人さん、桂子さん、直也さんが奥のテーブルに座ってなにか話していて、となりにもうひとり、知らない女性がいた。

「あの方はどなたですか？」

「あ、一葉さん、はじめて？　歌人の久子《ひさこ》さんだよ。川島《かわしま》久子さん」

　お名前は何度か聞いていた。

　歌人で、蛍さんの大学の先生でもあり、直也さんが勤めているカルチャーセンターでも講座を持っている。悟さんはもともとその講座の受講生で、三人とも最初は久子さんに誘われてひとつばたごに来たという話だった。

　悟さんから借りて、歌集も一冊読んでみた。

　独特の言語感覚で、現実とも非現実ともいえない不思議な世界が描かれているのに、なぜか切実で、読んでいると胸がひりひりした。五七五七七という三十一文字でこんなに複雑なことを言えるなんて、と驚きっぱなしだった。

「あ、川島先生」

「あれ、いらしてたんですか」

　蛍さんと悟さんの声がした。

「そうそう。そろそろ来ないと忘れられちゃうかな、って」

久子さんがにこにこ笑いながら答える。年は航人さんと同じくらいだろうか。なんだか無邪気な笑顔で、とてもあんなすごい歌を作っている人とは思えなかった。

「へええ、治子さんのお孫さん」

あいさつすると、久子さんはふんふん、と言いながらわたしの顔を見つめた。

「『堅香子《かたかご》』のころから何度もいっしょに巻いたことがあります。よく似てますね」

「えっ」

「ひとつばたご」で顔のことを言われたのははじめてで、ちょっと驚いた。わたしは若いころの祖母と似ているらしく、親戚のあいだではよくそう言われる。

堅香子というのは、ひとつばたごの前身にあたる連句会である。祖母が連句をはじめたのは五十代半ば。果林《かりん》さんという友人に誘われてはいったのが堅香子だった。航人さんや桂子さん、蒼子さんと出会ったのもそのとき。だからみんな祖母の若いころの顔を知らない。

なのに、久子さんはなぜわかったのだろう。

ふんわりした雰囲気だが、やはりタダものではないのかもしれない、と思った。

そして、タダものでないことはすぐに証明された。

句を作るのが異様に速いのだ。航人さんが発句の説明を終える前に、すでに短冊に句を書きつけていて、航人さんの前にすっと出す。

「あ、もう……。さすが、久子さん」

航人さんが短冊を見る。と、久子さんはもう次の句に取りかかっている。

そのスピードに驚き、すっかりのみこまれてしまった。

「一葉さん、久子先生はちょっとふつうの人とちがうので、気にしない方がいいですよ」

横からひそひそっと悟さんの声がした。

「ふつうとちがうって、どういう意味ですか」

久子さんがちろっと悟さんを見る。

「もちろん、いい意味ですよ。なんでも五七五七七にできちゃうというか」

悟さんが堂々と答えた。

「そうですよねえ、久子さんにはだれもついていけないもの」

桂子さんが笑う。

「速いだけじゃなくて、どの句もいいんですよ。久しぶりのお客さまということで、ほかになければ久子さんのこの句にしようと思いますが」

航人さんが短冊を真ん中に置く。

なつかしき石段のぼる暮の秋

「この石段は本門寺の参道の階段ですか」

航人さんが訊く。

「そうそう。前にこの建物で巻いたとき、本門寺の参道の階段をのぼっちゃいけませんよ、池上会館の入口は階段の下を少し行ったところですからね、って注意されたのに、目の前に石段があらわれたらついついのぼっちゃって」

久子さんが笑った。

「え、まさか、先生、今日もまたのぼっちゃったんじゃ……」

悟さんが訊いた。

「そうなのよ。またのぼっちゃって。半分までのぼってから、ここのぼっちゃいけないんだ、って気づいて。でも、半分まで来ちゃったんだし、おりるのも癪《しゃく》でしょう？　だからそのままのぼって本門寺にお参りしてからきたのよ」

「そうだったんですか。前に僕にも、のぼっちゃいけない、って教えてくれたじゃないですか」

悟さんが呆れたように言う。

「頭ではわかってるんだけどねえ。なぜかなあ」

久子さんが首をひねった。

「まあ、とにかく、発句はこちらにしましょうか」

航人さんが笑った。

「今日は蒼子さんがいないから……。板書は一葉さんにお願いしましょうか」

「そうね、一葉さん、字がきれいですもんね」

桂子さんがうなずいた。

4

久子さんのペースに引きずられたのか、表六句は順調に進み、裏にはいった。いもようかんを出し、用意してきた黒文字の楊枝で切り分ける。

「おいしい〜。ほくほくだね」

鈴代さんが言った。

「お芋そのものって感じですね。素朴でおいしいなあ」

甘いもの好きの悟さんも目を細める。

「土佐屋さんですね」

いもようかんを食べながら、久子さんが言った。

「はい、そうです」

「買いに行ったこと、ありますよ。治子さんのお菓子、いつもおいしくて、お店の名前を治子さんから聞いて、自分でも行ってみてました」

なんだか行動力のある人だなあ、と思う。

「わたし、千駄木に住んでるんです。だからわりと近いところが多くて」

祖母がひとつぼたごへの手土産にしていたお菓子は、うちの近所の店のものが多い。あとは、祖母の実家のあった向島《むこうじま》あたりである。

「うちは根津ですから、近くですね」

「そういえば、たしか治子さん、以前は谷中《やなか》だったけど、息子さんの一家と同居するために根津に引っ越した、っておっしゃってたような」

久子さんが言った。

「祖父が亡くなったあと谷中の家は処分しまして。それで、うちに越してきたんです。わたしが大学生のころです。わたしは就職していったん家を出たんですが、勤め先の書店が閉店してしまって、実家に戻ってきたんです」

「書店勤めだったんですね。いまは？」

久子さんが訊いてくる。

「それが……。まだ次が決まらず……」

もごもごと口ごもる。

「一葉さん、いまはフリーのポップライターですよね」

横から蛍さんが言った。

「ポップライター？」

久子さんが首をかしげる。

「いろんなお店の商品ポップを請け負ってるんです。一葉さんのポップ、どれも素敵なんですよぉ」

鈴代さんが言った。

「あ、ポップと言えば、この前のイベントで出した焼き菓子、持ってきたんです」

萌さんが言った。

「鈴代さん、ショートブレッド買えなかったっておっしゃってたので、ショートブレッドを焼いて……」

「え、ほんと？　うれしい」

鈴代さんが声をあげる。

「一葉さんが作ったタグも少し余りがあったので、つけてきました。いもようかん食べちゃったし、こちらはお土産にどうぞ」

萌さんが袋からお菓子の包みを取り出し、ひとつずつ机に置く。

「うわ、これはおいしそうですねえ。僕はこういう焼き菓子に目がなくて。イベントに行けなかったんで、うれしいです」

悟さんが言った。

「へえ、おいしそう。いただきます。で、このタグを一葉さんが作ったんですか？ 絵本の形になってるんですね。すごい、凝ってますねえ」

久子さんがそう言ってタグを開いた。

「句は萌さんのなんですね。素敵。絵もかわいい。これはお子さんが？」

「そうなんです。長女が描いてくれて。でも、句をタグに入れる、っていうアイディアは一葉さんのものなんです。絵本の形にするっていうのも」

「そうなんですか。なるほど、ポップライター。でも、なんというか、これはもうポップという言葉ではくくれないですねえ」

久子さんがふふふと笑った。

「あ、そういえば……」

久子さんが思いついたように言ってわたしを見た。

「一葉さん、根津にお住まいなんですよね」

「はい」

なんだろう、と思いながらうなずいた。

「上野桜木《うえのさくらぎ》にあるブックカフェが、書店員経験のある人を探してるんですけど」

上野桜木ならすぐ近くだ。お菓子を買うためにときどき行く。

でも、ブックカフェ？　そんなお店、あったかな？

「なんていう店ですか？」

「『あずきブックス』っていうんですけど」

「あずきブックス……？」

知らない名前だった。

「上野桜木って藝大の近くですよね。古い建物を生かした喫茶店とか、銭湯を改築したギャラリーがあるって聞いたことが……」

鈴代さんが言った。

「そうですね、カヤバ珈琲とか、古い和菓子屋さんも何軒か。それに『上野桜木あたり』っていう、古民家を改装した複合施設ができてて」

「古民家を使った複合施設ですか？　ちょっと興味ありますね」

陽一さんが言った。

「あずきブックスも古い建物を生かしていて、ブックカフェになったのは最近なんですよ。前は明林堂《めいりんどう》っていう書店で……」

「明林堂？　それなら知ってます。祖母とよく行ってました」

子どものころから祖母に連れられてよくその書店に行った。いわゆる個人経営の町の本屋さんなのだが、絵本や子ども向けの本がわりとたくさん置かれていた。

「明林堂さん、ブックカフェになったんですか。実家に戻ったころ前を通りかかったとき、工事してたんで、てっきり閉店してしまったのかと……」

わたしの勤めていた書店も閉店したし、最近は町の書店はどんどん減っている。根津や千駄木のあたりも何軒か個人書店があったが、もうほとんど残っていない。だから明林堂も閉店したものと思いこんでしまった。上野方面に行く通りから少しはいったところにあるので、その後は前を通ることもなかったのだ。

「明林堂のご夫婦がお店を手放した、ってことですか？」

「ううん、そうじゃなくて。店主さんが一昨年亡くなって、その後はしばらく奥さんの泰子《やすこ》さんがお孫さんに手伝ってもらいながらやってたんだけど、いろいろあって、そのお孫さんとブックカフェをすることになったんですよ」

「お孫さんって、怜《れい》さんですか？」

小さいころ祖母と書店に行ったとき何度か遊んだことがある。わたしより三つくらい年上のお姉さんだった。

「そうそう。なんだ、知り合いだったんだ」

久子さんが笑った。

「町の書店さんはどんどんなくなってる時代だし、いまのままでは立ち行かないだろう、ってことで、店の一角を喫茶スペースにすることにしたんですって。内装もちょっと変えて、おしゃれになって」

「そうだったんですか」

「怜さんは数年前に結婚して、あの近くに住んでて。もともと日本茶が好きだったから、日本茶と和菓子のカフェにしたみたい」

なるほど、それであずきブックスなのか、と思った。

「あたらしいお客さんもついて、けっこううまくいってたのよね。でも怜さんに子どもができて……。怜さんも子どもほしかったみたいだし、そのこと自体はおめでたいことなんだけど、じゃあ、お店どうしよう、ってことになって」

「なるほどぉ」

鈴代さんがうなずく。

「カフェの方は怜さんのお友だちにまかせることになったけど、その人は書店のことはなにもわからないみたいで。それで泰子さんが、書店員の経験がある人に手伝ってもらいたい、って」

そんなことになっていたのか。明林堂には小さいころずいぶんお世話になったし、役に立てるなら手伝いたい、という気持ちになった。

「わたしもポップの仕事はありますけど、ずっとそれだけっていうわけにもいきませんし。家からも近いので、もしまだ手伝いを探しているようならうかがいます」

「ほんと？　じゃあ、訊いてみる。週四日くらいでいいような話だったから、ポップのお仕事と両方できるかもしれないし」

久子さんにそう言われ、お願いします、と頭をさげた。

「それにしても、古民家を改装した施設に和菓子のあるブックカフェか。いいですねえ。ちょっと行ってみたいですね」

陽一さんが言った。

5

連句に戻り、裏から名残の表へ。

連句にはいろいろな形式があり、ひとつばたごではそのなかでいちばんオーソドックスな「歌仙」という形式で巻いている。表六句、裏十二句、名残の表十二句、名残の裏六句で合計三十六句という構成である。

この表、裏、名残の表、名残の裏という呼び名は、むかしは奉書《ほうしょ》を横長のふたつ折りにして、水引《みずひき》で綴じたものに記録していたことからきているのだそうだ。懐紙《かいし》形式といい、一枚目は一の折（初の折）、二枚目は二の折（名残の折）と呼ばれ、それぞれに表、裏がある、ということらしい。

いまはみんなノートを使っているが、ノートの左側のページから書きはじめ、一ページは六句、次の見開きに十二句、次の見開きに十二句、そして最後は右側のページに六句、と、懐紙形式と同じ形になるように記録を取っている。

久子さんの句を作るスピードは衰えず、航人さんに、そろそろ神さまや妖怪もほしいですよね、と言われればもののけの句、恋句と言われれば艶めいた句、死や病体や戦争もほしいですね、と言われれば慰霊の句、と自由自在である。

「でもまだ式目っていうのがよくわからないのよねえ」

短冊を航人さんの前に何枚も置いて、久子さんがため息をつく。

「久子先生の場合は、いくらでも書けるからですよ。ダメって言われても、次の句がすぐに出てくる。だからいくら巻いても式目を覚えないいんじゃないですか。わたしたち凡人はそういうわけにいかないいんですよ」

悟さんが苦笑いする。

「そんな、数撃ちゃ当たる、みたいに言わないでよ」

久子がふふふっと笑う。

「そうよ、たくさん作れなかったら歌人にも俳人にもなれないわよぉ」

桂子さんも笑った。

「耳が痛いですねえ」

悟さんが言った。

「それに、わたしだって捌きをしたこと、あるんですよ。ねえ、航人さん」

「そうでしたね。まだ若いころ、久子さんが短歌の賞を取る前……」

航人さんが言った。

「学生の会ができたころの大きなイベントのときですよね」

桂子さんが言った。

「そうです、そうです」

「学生の会ですか？」

悟さんが訊く。

「そういうのがあったのよ、久子さんみたいにあとで有名になった人が何人も参加してた伝説の会」

桂子さんが言う。

「若い人に連句を広めたい、って、当時の堅香子の冬星《とうせい》先生たちが航人さんに言って、大学生の俳句会なんかに声をかけて人を集めたんですよね。わたしもまだ何回かしか巻いたことなかったのに、かつぎだされて捌きをやってください、って」

久子さんが笑った。

「そんなにむかしから交流があったんですね」

悟さんが言った。

「でも、数年に一度しか顔を合わせないですからねえ」

久子さんが言った。

「大人になってからの友人というのは、そういうものかもしれませんね。頻繁に顔を合わせることだけが友情じゃないといいますか」

陽一さんの言葉に、久子さんは、そうね、とうなずいた。

「さあさあ句を作りましょう。月ですよ、月」

航人さんがうながす。名残の裏の月である。

「また月。連句は不思議よねえ。いっつも月と花」

久子さんが笑った。

古民家に行きたし月も見てみたし

さらっとそう書いて、航人さんの前に置く。もういくつも短冊がならんでいて、その三分の一は久子さんの句である。どうしてあんなに書けるんだろう。何句も出しても取られるのは一句だけ。あとは流れていってしまう。久子さんの句は流れていったものもどれも素敵で、なんだかもったいない。

「ああ、これはさっきの上野桜木の話ですね」

航人さんが笑う。いいんじゃないですか、こちらにしましょう。航人さんに短冊を渡され、ホワイトボードに書いた。

6

久子さんの句のあとには、悟さんの「銀杏炒《ぎんなんい》って酒の肴《さかな》に」が付き、名残の表が終わった。最後、名残の裏にはいってもうひとつ秋。それから季節のない句がふたつ続いて、春に。

まずは萌さんの「浅利《あさり》しずかに砂を吐く夜」が付いた。

砂抜きのためにボウルのなかに浅利を入れ、シンクの下の暗い棚に置いていたら、ときどきしゅっしゅと音がする。

「子どもたちはその音がすごく気になるみたいで。それで結局棚の外に出して、新聞紙をかけておいたんです。子どもたちはときどき新聞紙をめくって様子を見てました。なんだかそこから海が広がっているみたいな気持ちになって……」

　萌さんが言った。

「そこから海が広がってる……。詩人ですねえ」

　鈴代さんが声をあげる。

「わかるわぁ。ワカメを水に戻したりするときも、そういうの感じる。台所って命にそのままつながってるものねえ」

　桂子さんが言った。

「石垣りんさんに『シジミ』という詩がありましたよね、『夜中に目をさました。／ゆうべ買ったシジミたちが／台所のすみで／口をあけて生きていた。』だったか……」

　直也さんが思い出すように唱える。

「『夜が明けたら／ドレモコレモ／ミンナクッテヤル』でしょう？」

　久子さんが笑った。

「はじめて読んだとき、衝撃だったなあ。『食わずには生きてゆけない』ではじまる『くらし』っていう詩も」

　久子さんが言った。

「よく覚えてる。そらで言えるわよ」

桂子さんがうなずく。

「『食わずには生きてゆけない。／メシを／野菜を／肉を／空気を／光を／水を／親を／きょうだいを／師を／金もこころも／食わずには生きてこれなかった。／ふくれた腹をかかえ／口をぬぐえば／台所に散らばっている／にんじんのしっぽ／鳥の骨／父のはらわた／四十の日暮れ／私の目にはじめてあふれる獣の涙。』。言葉でこんなことができるなんて、と思って、衝撃だった」

そこまで言って桂子さんは息をついた。

「わたしが俳句をはじめたのは、四十歳のとき。子育ても一段落ついて、自分の人生、まあやることはやったかな、って思ってたんだけど、この詩に出合って身体が震えるくらい驚いて、わたしもなにかしないと、って思ったのよねぇ。詩は書けそうになかったから俳句を志したけれど、言葉でなにかをあらわそうと思ったのも、言葉でなにかをあらわせると信じられたのも、この詩を読んだから」

「その年で読んだからわかったのかもしれませんね。ただ暮らしをうたってるんじゃない。生きることのどうしようもなさが滲み出てる」

航人さんが言った。

「そうか。学生のころにも読みましたけど、たしかにいま読むとちょっとちがいますね。ものすごく激しくて、頬をたたかれたみたいになる」

萌さんがうなずいた。

「詩は若者のもの、っていう考え方もありますけどね。若者の叫びだと。でも叫びたいのはきっと若者だけじゃないんですよ。年を取ると叫ばなくなるけど」

航人さんが少し笑った。

「叫ぶって言っても、単純な怒りではないのよね」

桂子さんが言った。

「怒りで感情が抑えられなくなって大声で叫ぶんじゃない。もう未来が残されていないという悲しみ、消える日が目前に迫ってくることへの恐怖。どうしようもない、やるせない叫び。叫んだってどうしようもないから、飲みこんでしまう」

「若いうちは自分が死ぬなんて思ってないし、いつかなにかができると思っている。だから叫ぶ。健康な身体も未来も失ったあとの人はなにも語らなくなる」

航人さんが言った。

「そうですね。医療が整って長生きになって、最近は年をとってもいつまでも健康で前向きじゃないと、っていう風潮もありますよね。みんな傷つきやすくて、前向きな言葉しか聞きたくない。ネガティブな言葉には耳をふさいでしまう」

陽一さんの言葉に、そうかもしれない、と思った。

「でも、ほんとはのがれられない憎しみや、どうしようもなさや、消えていく孤独を抱えている人がたくさんいるんですよね。みっともなくてもだれかがそれを口にしないと、そういうものがあることをみんな忘れてしまうから」

航人さんの言葉に思わずぼうっとする。

わたしにはまだわからないことなのかもしれない。意味はわかるけど実感できていない。その年にならなければわからないこと。

世界にはまだまだそういうものがたくさんある。そういうものばかりなのかもしれない。知らない遠い場所だけじゃない。いまこうして近くにいる人にも、わたしには見えない、わからない部分がある。

——わからない人といっしょにいることについて考えるのが生きることだと思うから。

前に聞いた航人さんの言葉を思い出す。

わからないことばかり。祖母のことも。わかったつもりになっていた。わたしに見えるやさしいおばあちゃんだけを見て、それがすべてだと思っていた。

すぐにわかることはできない。でも、少しずつわかっていけばいい。それが生きるということなんだろう。

「じゃあ、これはどうでしょう」

直也さんが短冊を出す。

花のなか駆け行く我も獣なり

「石垣りんさんつながりですね。こちらにしましょう」

すでに二、三句出ていたけれど、直也さんの句を見た航人さんがうなずいた。

「かっこいいですねえ。『我も獣《けもの》なり』かあ」

鈴代さんが天井を見あげ、なにか思いついたのか、短冊に向かった。すらすらとペンを走らせる。

陽炎燃えるみんなばいばい

「みんなばいばい。強い句だなあ。おもしろい。これにしましょう」

航人さんが微笑んだ。

浅利しずかに砂を吐く夜　萌
花のなか駆け行く我も獣なり　直也
陽炎燃えるみんなばいばい　鈴代

「なんだか辞世の句みたいな雰囲気ですねえ。物悲しいのにあかるい」

久子さんが目を細めた。

「とてもいいと思います。連句はいつも春で終わるでしょう。それはとてもいいですよね。式目はわからないものも多いけど、春で終わる、っていうのだけは納得できる。最後はやっぱり春だなあ、と思う」

「そうですね。日本では、学校も春に始まって春に終わる。それが日本人の感覚に合っているのかもしれないですね。外国とちがうのはなにかと不便だって言う人もいるけど、春じゃないと締まらないですよ」

直也さんが言った。

「春以外だと終わった気がしないわよねぇ」

桂子さんもうなずいた。

「もう何度か話したことだけど、挙句《あげく》っていうのは『挙句の果て』の語源でもあります」

航人さんが言った。

以前聞いた話だ。わたしたちが慣用句として使っている「挙句の果て」の語源が俳諧《はいかい》にあったと知って驚いたのをよく覚えている。

「挙句は一巻の最後だから、おだやかに終わるものをよしとします。この先もこの世がおだやかに続いていく。そういう匂いのある句です」

おだやかに続いていく。「終わる」のに「続く」のか。不思議だ。

「あと、最初、つまり発句に戻らないようにする、とも言われますね」

航人さんが言った。

「発句に戻らない？　なんでですか？」

蛍さんが訊いた。

「連句は輪廻を嫌うんです。一歩もかえらず前に進むのが旨ですから、一周して輪になってしまってはいけないんです」

「なるほど。それも少しわかる気がする」

久子さんがうん、とうなずいて笑った。


一巻のタイトルを決め、池上会館を出た。今日は池上駅の近くで二次会ということで、はじめて逆方向のメインの入口から外に出た。下から見るとなかなか立派な建物だ。

小学校の脇の道をゆるゆると歩いていくと、本門寺の階段の下に出る。

「ああ、これが久子先生がまちがえてのぼっちゃった階段ですか」

蛍さんが訊く。かなりの段数があるのがわかる。

「そう。でも、いいの。いいトレーニングになったから」

久子さんが言う。その横顔を見ながら、けっこう負けず嫌いの人なのかもしれないな、と思った。

駅に向かう道にはお煎餅屋さんや葛餅のお店があって、谷中のあたりと似ている気がした。久子さんが近くにやってきて、あずきブックスの話を少しくわしく教えてくれた。

「それにしても、治子さんのお孫さんがこうしてひとつばたごに来るようになるなんて。航人さんもきっとうれしいでしょう」

久子さんがふふふと笑う。

「え、どうしてですか？」

「前に航人さんか聞いたことがあるの。自分がひとつばたごをはじめることにしたのは、治子さんのおかげだって」

「祖母のおかげ？　どういうことですか？」

「さあ。それ以上は聞かなかった。治子さんだったらそういうこともあるかな、と思ったから。気になるなら、航人さん本人に訊いてみたら？」

久子さんは笑った。

駅に通じる商店街には古い店がならんでいる。昭和そのままのようなスナックの前で鈴代さんと蛍さんが立ち止まり、スマホで写真を撮っている。

堅香子からひとつばたごへ。果林さんも冬星さんも祖母も亡くなり、いまはわたしがここにいる。

──連句は輪廻を嫌うんです。一歩もかえらず前に進むのが旨ですから、一周して輪になってしまってはいけないんです。

さっきの航人さんの言葉を思い出す。なにもかも少しずつ変わっていく。連句を巻くことで、それを受け止める練習をしているのかもしれない、と思った。

生を謳歌す

1

連句会の翌週、久子さんから電話があり、「あずきブックス」に訊いてみたところ、書店の手伝いはまだ見つかっていないらしい、とのことだった。

小さな個人書店ということで、レジや接客だけでなく、棚出しや返品、売り場作り、本の整理や在庫管理、取次とのやり取りなど、多様な仕事をすべてこなさなければならない。かなりの肉体労働でもある。

未経験者に教えるだけの体力もないし、大型店の経験者にふさわしい勤務条件にできるかどうかわからない。それで、求人情報などは出さず、店頭に小さな求人ポスターを貼り、あとは知人の口伝《くちづ》てで探しているらしい。

——一葉さんのことを話したら、泰子さんも怜さんも治子さんと一葉さんのこと、覚えてたみたいだった。

——ほんとですか？　わたしのことも？

祖母はふだんからよく明林堂に行っていたようだから記憶に残っていてもおかし

くはないが、わたしのことまで覚えていてくれたとは。

――怜さんも小さいころの一葉さんと遊んだこと、よく覚えてたわよ。お店の奥で折り紙したこともあった、って。怜さんはひとりっ子だから、一葉さんが来ると妹ができたみたいで楽しかったんだって。

思い出してみると、怜さんのところも両親が働いていて、怜さんはよく明林堂に預けられていたのだ。だから平日の夕方に祖母といっしょに明林堂に行くと、たいてい怜さんがいた。

お客さんが少ないと、祖母は泰子さんと話しこむことが多く、そのあいだは怜さんと折り紙で遊んでいた。

――それで、一葉さんがもと書店員で、前に勤めていたお店が閉まって求職中だって話したら、会いたい、って。一葉さんが書店に勤めていたのは知ってたのよ。治子さんから聞いてたらしくて。

――そうなんですね。祖母が……。

――治子さんが亡くなったことも、ほかのお客さんから聞いて知ってたみたい。

――そうですか。

家族葬だったが、近所の人には知らせてある。それがどこかから伝わったのだろう。

――治子さん、孫が本好きに育ってよかった、って自慢してたんですって。

――自慢……？

たしかに本好きには育ったけれど、そのことを褒められたことはあまりない。

――本を読むということは、むかしの人に敬意を持っているということだから。

治子さん、そうおっしゃってた、って。

――たしかに祖母はよくそんなことを言ってました。

――いまの人は情報はなんでもインターネットにあると思ってるけど、データ化されてない知識は山のようにあるもんね。むかしのことは本じゃないとわからない。本をめくる手間を惜しんだら、出会えないことってたくさんあるわよねえ。

電話の向こうで久子さんは笑った。

その通りだなあ、と思う。たしかに便利なところはたくさんあるし、ネットのことももっと勉強しないといけないけど、ネットの世界にないことが存在しないことになってしまうのはちょっとちがうように思う。

――ともかく、お時間あるときに明林堂、じゃなかった、あずきブックスに行ってみてくださいね。水曜が定休日で、それ以外はたいてい泰子さんも怜さんもお店にいるみたいだから。

――わかりました。

――そうそう、あずきブックスに行ったら、あずきパフェを食べてみて。そんなに量、多くないし、すっごくおいしいから。お茶は煎茶も抹茶もおいしいですよ。季節の煎茶っていう、果物の香りがついてるお茶もあるし。

――果物の香りのお茶ですか？

紅茶ではよくあるけれど、日本茶ではあまり聞いたことがない。

――なまの果物がそのままはいってるの。九月までは巨峰で……。

――巨峰……？

――なまの巨峰が丸ごとひとつはいってるのよ。

どんな味なんだろう？　ちょっと想像もつかない。

――不思議な取り合わせな気もするんだけど、飲んでみるとすごくおいしいの。びっくりするから絶対飲んでみて。

久子さんに強く推《お》され、わかりました、と答えた。

電話を切ってから、今日これからあずきブックスに行ってみようかな、と思い立った。

火曜日だし、ポップの仕事は一段落ついているし、時間もまだ三時である。これから支度して出ても、四時前には着ける。

わたしが祖母に連れられて明林堂に行っていたのは子どものころのことで、高校にあがったころからはひとりで街なかの大きな書店に行くことが多くなった。就職してからは本はほとんど勤務先の書店で買っていた。

だから、明林堂に行くのは子どものころ以来である。小学校高学年になると家でひとりで留守番したり塾に行くようになっていたから、放課後祖父母の家に預けられることもなくなった。だから、わたしは小学生だった怜さんしか知らない。

ああ、でも、六年生のときに一度、祖母と明林堂に行ったことがあった。学校帰りの怜さんにも会った。中学の制服を着て、学生鞄を持って、身長はそんなに変わらないのにすごく大人っぽい雰囲気になっていて驚いた。むかし遊んでくれた怜さんとは別人みたいで、ちょっと緊張しながらあいさつしたんだった。

いまは結婚して、妊娠中なんだっけ。なんだか嘘みたいだ。それに明林堂もいまはあずきブックスか。いかにも町の本屋さん、という感じだった明林堂がブックカフェなんていうおしゃれなものになっているというのも信じられない。

久子さんから電話番号は聞いていたから、電話して約束してから出かけるのが筋なのだろうけど、ふらっと行ってみたい気がした。お手伝いの件はまた日をあらためて、ということにして、今日はちょっとのぞくだけ。

歩いて十分程度なのだから、とりあえず様子を見てみよう、と思った。

言問通《ことといどお》りに出て、上野桜木に向かった。坂の左側には信行寺《しんぎょうじ》、妙情寺《みょうじょうじ》、上聖寺《じょうじょうじ》、本光寺《ほんこうじ》、とならんでいる。実はこの裏手もほとんどがお寺である。谷中霊園のあたりまで、お寺ばかりの土地だ。

谷中六丁目の交差点を過ぎ、レトロな喫茶店として人気のカヤバ珈琲のある上野桜木の交差点を左に曲がる。そこから少し行ったところに明林堂はあった。

祖父母の谷中の家に行くときはよく通った道である。だが、もうその家もない。上野桜木まで来ることはあっても、この道を歩くことはほとんどなかった。だから明林堂が改装されていたことにも気がつかなかったのだ。

だが、そもそもわたしが本好きになったのは、祖母といっしょに明林堂に行き、長い時間を過ごしていたからだと思う。いっしょに明林堂に行ったとき、祖母は必ず本を買ってくれた。まだ幼いころだったから絵本が多かった。

なんでもかんでも、というわけではない。買ってくれるのは一冊だけ。だから時間をかけて真剣に選んだ。祖父母の家に帰ってから祖母に読んでもらい、家に持ち帰って思い出しながらページをめくった。

祖母と明林堂に行く時間が楽しくて、本も好きだが、書店という場所も好きになった。本がたくさんある場所。ひとつひとつの本のなかに世界が詰まっている。それが棚にぎっしりならんでいる。

書店に行くたびに、この世にはこんなにたくさん本があるんだ、と胸がどきどきした。いつかこれを全部読み終わることがあるのだろうか。祖母にそう訊くと、さあねえ、おばあちゃんはまだまだ読んでない本ばっかりだよ、と笑っていた。

2

明林堂があった場所に「あずきブックス」という看板が見えた。

ここか。

建物は明林堂だったころと変わらない。でも外壁は白っぽい色に塗りなおされ、入口や窓もきれいになっている。右半分は以前と変わらない書店で、左側にカフェスペースができていた。

カフェの方にもガラス扉の入口があり、なかをのぞくとお客さんの姿もある。真ん中に大テーブルがひとつ。左の壁際と、書店スペースとの仕切りになっている低めの書棚の背に沿ってカウンター席が設けられている。お客さんもけっこうはいっているが、みなひとり客のようだ。本をめくりながらしずかにお茶を飲んでいる。

ひとりで読書するための店、ってことか。

書店側の扉からなかにはいった。本棚の前にもお客さんがいて、思い思いに本をながめている。

棚のならび方はあまり変わってないな。なぜか少し安心する。

勤めていた店が閉店になってから、あまり書店に足を運んでいなかった。ポップの仕事のためにパン屋さんや園芸店や器のお店には行くのに、以前は毎日行っていた書店にはほとんどはいらなかったのだ。

無意識に避けていたのかもしれないなあ。自分の働く場所がなくなってしまったことを忘れたかった、というか。

そしてやっぱり、書店はいいなあ、と思った。

カフェのお客さんたちもみんなしずかに本の世界に向き合っている。ひとりひとりの視線の先に、それぞれ大きな世界が広がっている。そんな気がして、店内がとても豊かな空間に思えた。

久しぶりに文庫の棚をながめた。書店に勤めていたころ、文庫の棚を担当していた。辞めてからもう一年近く経っている。知らない本がたくさんあった。以前は毎月どこの出版社からどんな本が出たか、ちゃんと追っていたのに。

この著者の新刊、出てたんだ。このシリーズ、もう完結編なのか。

表紙を見ていると、自分がこの世界からずいぶん離れてしまった気がして、なんだかさびしかった。あたりまえのことだけど、わたしがかかわらなくなってもどんどんあたらしい本は出るのである。

平台に置かれた本を手に取った。好きな作家の長編小説だ。

この本、文庫になったんだ。

読みたい。居ても立ってもいられなくなって、本を持ってレジに向かった。

レジにはエプロンをかけた高齢の女性がひとり立っていて、泰子さんだ、と気づいた。わたしが知っている泰子さんよりずいぶん小さくなっていたけれど、まちがいない。泰子さんだ。

わたしの背がのびたから小さく見えるのだろうか。それともほんとに小さくなったのか。祖母も晩年は背がだいぶ縮んでいたから。

ここによく来ていたころからもう二十年近く経っている。亡くなる前の祖母を考えれば泰子さんのいまの姿もあたりまえなのだが、わたしのなかの泰子さんはいまの母より少し上くらいのイメージで固まっていた。だから一気に年月が進んだみたいに見えた。

祖母とはひんぱんに会っていたから、外見も少しずつ変わっていった。だから老いたことをそんなに意識しなかった。でもよくここに来ていたころの祖母はもっと若かったんだ。父だって母だって、あのころはもっと若かった。

「いらっしゃいませ」

素っ気なく言う泰子さんに、持ってきた本を差し出す。泰子さんは本を受け取り、目を細めてわたしを見た。そういえばむかしもそうだった。レジにいる泰子さんは、不必要ににこにこしない、ちょっとぶっきらぼうな人だった。

「あの……」

おそるおそる声をかける。怜さんも泰子さんもわたしのことを覚えていた、って久子さんは言ってたけど……。

「歌人の川島久子さんからこのお店のことを聞いて……。むかしよく祖母の治子といっしょに来ていた豊田《とよだ》一葉です」

「あ、一葉ちゃん。やっぱりそうか、治子さんの若いころによく似てたから」

泰子さんがいきなり笑顔になる。

そうだった。レジではぶっきらぼうだけど、話しかければいつもこんなふうに笑う人だった。最初は怖いと感じたが、怖い人じゃないよ、ただ意味もなく愛想笑いしないんだよ、と祖母が言っていたのを思い出した。

「大人になったねえ。まあ、うちの怜も大人になったんだから、一葉ちゃんだって大人になるの、あたりまえなんだけどねえ」

泰子さんが笑う。同じようなことを考えるものだ、とちょっとおかしくなった。

「一葉ちゃんから見たら、わたしもずいぶんおばあちゃんになっただろう？　背も縮んじゃって。むかしはこの棚の上にも手が届いたのに、いまは踏み台がないと届かない。不便でしょうがないよ」

泰子さんはそう言って、レジの横の高い棚を見あげる。

「久子さんから聞いたよ、勤めてた書店が閉店しちゃったんだって？」

「そうなんです。聖蹟桜ヶ丘の駅の近くのチェーンの書店だったんですけど、閉店になってしまって。次を探してはいたんですが……」

「書店はどこも苦しいからね。このあたりだって前は何軒かあったのに」

泰子さんがため息をついた。

「うちもお客さんがだんだん減ってきて……。みんな通販で買うのかねえ。でも、このブックカフェの形にしてから、お客さんも少しずつ増えてきたんだよ」

泰子さんがほっと笑う。

「夫は、たいへんだったら店は辞めてもいい、って言ってたんだけど、やっぱり畳むのは申し訳ない気もしてたからね。いまはなんとか経営できてるし、怜のおかげだよ。ええと、怜もカフェの方にいるよ。れいー」

泰子さんは最後、カフェに向かって声をかけた。レジカウンターのなかにいた女性がこっちを見る。あれが怜さん？

　たしかに顔は怜さんだ。でも最後に見かけたときよりさらに背がのびている。肩幅があってスポーツをしている人のような体格だ。

　そういえば、怜さんは体育も得意だった。いっしょに公園に行ったとき、鉄棒でも雲梯《うんてい》でもすいすいこなしているのを見て驚いてしまった。わたしは運動も苦手だったし、背が高くてすらっとした怜さんがうらやましいと思っていた。

　――怜お姉ちゃんはかっこいいよねえ。運動できるし、背が高いし、足もすらっとしてるし。

　――そんなことないよ。一葉ちゃんの方が色が白くてかわいいじゃない？　わたしは地黒だし、顔もエラ張ってるし。自分の顔、あんまり好きじゃない。

　怜さんはむすっとして言った。地黒……。祖母は小麦色って言ってたし、わたしはそれがかっこいいと思っていたから、人はだれでも自分のことは気に入らないものなんだな、と思った。

「怜、一葉ちゃんが来てくれたよ」

　泰子さんの言葉に、怜さんがわたしの方を見て、あっ、という顔になった。

「お店の手伝いのこと、いま時間があるなら説明するけど」

「え、いいんですか？　それはまたお約束して別の日にでも、と思ってたんですが。

「履歴書もないですし」

「いいよ。今日はお店五時までだから。怜もあんまり無理できないし、月、火は五時までって決めてるんだよ。もうすぐラストオーダーになるし、そのあとは怜も手が空くから。時間があるなら、それまでカフェでゆっくりしてって」

泰子さんはそう言って、わたしの持ってきた本の裏側のバーコードを読み取った。

「カバー、かける?」

「はい、お願いします」

わたしがうなずくと、にっと笑ってカバーを出す。なつかしい明林堂のカバーだ。泰子さんは慣れた手つきでささっとカバーをかける。

本の高さに折れ線を入れ、背に近いところに斜めにハサミを入れる。切った部分を内側に折って本の下に入れ、角の部分も三角に折る、むかしながらの折り方だ。

わたしのいたチェーンの書店ではただ上下を折って本に巻き、両側の折り返した部分を本の表紙に差し込む簡単なかけ方で渡していたが、明林堂ではむかしからこのかけ方だった。これだと本からカバーが外れにくいのだ。

なによりその折り方が魔法のようで、子どものころはすごく憧れた。わたしの絵本にはカバーがつかないので、祖母の本にかかったカバーを外し、どういう折り方なのか調べた。自分でも何度か練習してできるようになり、むかしは気に入った柄の包装紙を使ってこのかけ方で文庫本にカバーをしたりしていた。

泰子さんの手際はあいかわらず魔法のようだった。あっというまにカバーがかけられ、レシートとともに手渡された。

「ありがとうございます。この作家さん、おもしろいよね」

泰子さんがくすっと笑った。


本を手に、カフェスペースに行った。閉店が近づいているからか、お客さんは少し減っていた。窓際のカウンター席に荷物を置き、レジカウンターに向かう。

レジの上にメニューが立っていた。日本茶と和のスイーツがメインらしい。久子さんおすすめのあずきパフェ以外にも、あずきや抹茶味の焼き菓子などもあるようだ。ながめていると、レジの奥で作業していた怜さんが出てきた。

「一葉ちゃん、久しぶり」

怜さんが笑った。小麦色のつやつやした肌も、おでこを出してうしろでひとつ結びにする髪型もむかしのままだった。本人は「エラが張っている」と気にしていたけれど、しっかりした顎の形もオードリー・ヘップバーンみたいでかっこいい。

「あんまり変わってないね」

わたしの顔を見て、怜さんが言った。

「え、そうですか？　背はだいぶのびたと思うんですけど……」

子どものころは背が低くて、いつも前から数えた方が早かった。それがなぜか中学のときにぐいっとのびて、真ん中よりうしろになった。

「背はね。でも、色白なところとか。顔の感じも」

怜さんが笑った。

「同じ人間だから、そうそう変わらないですよ」

冗談めかして答える。

「怜さんも変わってないですよ。いま何ヶ月なんですか？」

「六ヶ月だよ。今月になってお腹も少し目立つようになってきた」

怜さんがぽんぽんとお腹を叩く。

「なににする？」

怜さんがメニューを指す。

「久子さんにはあずきパフェと季節の果物のお茶を勧められたんですけど……」

「ああ、季節の果物のお茶。いまは洋梨だよ。すごくおいしいから、飲んでみて」

怜さんが微笑む。

「じゃあ、それにします。洋梨のお茶とあずきパフェ」

会計をすませて、席に戻る。

　さっき買った本を開いた。児童文学でデビューした作家だが、途中から大人の本が増えてきた。自然の描写が繊細だし、作品全体の構成も緻密で、読んでいるとその世界に没頭できる。ほとんどの作品は読んでいるが、この本はまだだった。

　冒頭の一行から作品世界に吸いこまれる。目の前に夜の森の深い闇が広がり、鳥の声が響く。少しむかしの時代の話らしい。小さな島の話のようだ。

「お待たせしました」
　二、三ページ読んだところで、声がしてはっとした。怜さんがテーブルにお茶とパフェの載ったお盆を置く。上には透明の急須《きゅうす》があり、なかに洋梨の大きなひとかけがはいっているのが見えた。
　怜さんが急須から湯呑みにお茶を注ぐ。緑茶の香りとともに、洋梨の甘い香りがふわっと漂った。

「いい匂い」

「でしょう？　お湯があるので、これを使ってもらえば三煎くらいまで飲めます。二煎目がいちばん果物の香りが強く出るんじゃないかな」

　怜さんはそう言うとレジカウンターの方に戻っていった。

　どんな味なんだろう？　少しどきどきしながら湯呑みを口に運ぶ。洋梨と日本茶。合うんだろうか。

口をつけてびっくりした。まず洋梨の香り、それからお茶の香り。味もほんのり甘味がある。これまで知らなかった組み合わせだが、不思議とよく合う。

そして、あずきパフェ。久子さんが言っていた通り、それほど大きくはない。小さめのガラスの容器の下の方に茶色く砕いた焼き菓子みたいなもの。そのうえに白いアイスと粒あんがのっている。

粒あんは作りたてのようで、うさぎやのどら焼きみたいにとろっとして、いい香りがした。アイスは素朴なミルク味。下の茶色いものはグラノーラだった。派手ではないが、どれも素材の味が生きていて、おいしかった。

パフェをゆっくり食べ、二煎目のお茶を淹れた。一煎目より洋梨の香りが濃い。本の続きを読みたいが、これから泰子さんたちと話すことを考え、やめることにした。これは家に帰ってからゆっくり読んだ方がよさそうだ。

書店スペースに抜ける通路の横に低めの本棚があり、上に「カフェご利用のお客さまはご自由にお読みください」というプレートが置いてあった。気になって立ちあがり、近づいてみる。

あずきブックスのロゴマークのシールが貼られているので、この本は売り物ではないのだろう。最近話題の本が中心だが、少し古い本も混ざっている。以前読んで、おもしろいと思ったものもけっこうはいっていた。

店のおすすめ本を自由に読めるようにした、ということみたいだ。お茶を飲みながらこの棚から本を借りて読む。落ち着いて試し読みができるし、先が気になればとなりの書店スペースで買ってくれる人もいるだろう。

いまはカフェが併設されている書店も多いけれど、会計が終わった本しか持ちこめないことが多い。売り物が傷むのは困るから当然だが、こういう形で試し読みができるのはちょっといいな、と思った。

前から気になっていた本を見つけ、席に持ち帰った。

3

「お待たせ」

声がして顔をあげる。泰子さんが立っていた。

いつのまにか借りてきた本に引きこまれていたらしい。気がつくと書店スペースにもカフェにもほかにお客さんはいない。スマホを見ると五時を過ぎていた。

「怜も片づけたらすぐに来るから」

泰子さんはそう言うと、わたしが読んでいた本に目をとめ、ああ、それもおもしろいよね、と笑った。

「一葉ちゃん、治子さんが通っていた連句会に行くようになったんだって？　久子さんから聞いたよ」

ずっと会っていなかったのに、泰子さんの声を聞いているとそのままするっとむかしの時間につながって、わたしも子どもに戻ってしまったような気持ちになった。

「祖母は連句会のこと、話してたんですか？」

「うん、ときどきね。連句の席で聞いた本を探しに来ることもあってね。俳句とか短歌の本だけじゃなくて、小説も多かったかなあ。連句仲間から聞いておもしろそうだと思ったから、とか言ってね」

泰子さんはしみじみ言った。

「治子さん、本を読み出したのはお子さんが小学校にあがってからだって言ってたっけ。同じクラスのお母さんに、俳句をたしなんでいる人がいて……ええと、なんて言ったっけ、なんか果物みたいな名前で、連句の会にもその人の誘いで行くようになった、とか」

泰子さんが天井を見あげる。

「果林さんですか？」

「そうそう、果林さん。治子さん、その果林さんって人の話、よくしてたねえ。いい家の生まれで、四年制大学も出てるとか。当時は、女で四年制の大学出てる人なんてそうそういなかったからね。きっと親もインテリだったんじゃないかな」

「インテリ……？」

「学があると結婚できない、みたいな風潮もあったでしょう、だから金持ちでも娘を大学にいかせる人は少なかった。実業家で娘に家督を継がせようとしてるとか、女性の自立を掲げているとか、学者の家系とかじゃないと」

そういう時代だったんだな、祖母が育ったのは。

「とにかく、その果林さんが読書家で、治子さんはその人から借りて本を読むようになったみたいよ。最初は文字を追うのに慣れなくて辛かったけど、どんどん引きこまれていって、この世にこんな楽しいものがあったのか、って言ってた」

泰子さんがくすくす笑う。

「若いころ映画なんかは見てたみたいだけど、本は家でも読めるでしょう？　昼間子どもたちが学校に行っているあいだにちょっと空いた時間でも、夜、家事が終わったあとでも。少しずつ読んで、また時間ができたときに続きを読める。それですっかりはまっちゃったんだって」

泰子さんはまた笑った。

「そのうちに自分でも新聞の書評なんかを見るようになって、図書館で借りたり、どうしても手元に置いておきたい本は買うようになった。それでうちにもよく来てくれるようになったんだよね」

「そうだったんですね」

「よく連句会の話もしてたよ。メンバーにはお医者さんや雑誌記者さんなんかもいて、みんな教養がある。自分には手の届かない世界だけど、やっぱり少しは勉強しておきたいから、って」

手の届かない世界。わたしもひとつばたごに行きはじめたころ、似たようなことを感じた。弁護士に俳人。連句のルールもむずかしくて、場違いなところに来てしまったんじゃないか、と。

「お待たせ〜」

怜さんがやってきた。

「今日はありがとう。久子さんからいろいろ聞いてます。書店の方、手伝ってくれるかも、って」

「はい。わたしでよければ……。でも、今日はちょっと様子を見るだけのつもりで、履歴書もなにも持ってきてないんです。急に来てしまって、すみません」

「まあ、履歴書はあとでも……。書店、何年くらい勤めてたの」

「四年です。ブックス大城っていうチェーンのお店でした」

「四年かあ。四年勤めてれば、ひととおりのことはわかるよね」

泰子さんが言った。

「チェーンの店なので、ちょっとちがうかもしれませんが」

「まあ、わたしもいるし、そこは大丈夫だよ。とにかく送られてきた本を棚に出すとか、棚の整理とかね、そういう作業がわたしだけじゃとてもできないから」

書店員の仕事はなかなかの肉体労働である。かがむ仕事も多いし、高齢の泰子さんと妊娠中の怜さんではきついだろう。

「久子さんの話では、いまはフリーでポップを書く仕事をしてるとか」

怜さんが訊いてくる。

「はい。でもまだそこまでの数ではないので」

「うちは水曜が休みで、月、火、木は十一時から五時まで。金土日は七時までの営業。勤務は営業日のうち週四日、開店一時間前から閉店一時間後まで。金土日は勤務時間が長くなるけど、土日はお客さんが多いからできるだけ出てほしい。そんなところかな?」

怜さんが言うと、泰子さんがうなずいた。水曜のほかもう二日休みが取れる。ポップの仕事はその日にまとめればなんとかなりそうだ。

「だいたい大丈夫なんですが、月に一度、第四土曜だけはお休みしたいんです。連句会があるので」

「月に一度なら問題ないよ」

泰子さんがうなずいた。

「そしたら、お願いしようかな。書店員経験もあるし、家も近いし、一葉ちゃんなら顔見知りで安心だし。契約社員ってことでどうかな」

怜さんが言った。

「ありがとうございます。よろしくお願いします」

呆気なく決まってしまった。でも、これ以上の職場はない気がした。また書店で働くことができる。しかも本と書店を好きになった出発点の場所だ。ここに来るまで考えていなかったけれど、わたしはやっぱり書店で働きたいんだ、と気づいた。


それから泰子さんと怜さんにブックカフェに改装したいきさつを聞いた。

怜さんは短大を出たあと保育士として働き、結婚。数年間はそのまま働いていたのだが、子どもがなかなかできず、思い切って保育園を辞め、不妊治療を受けることにした。明林堂の店主も体調を崩し、泰子さんがひとりで店を切り盛りしなければならなくなっていたところだったので、週に何日か明林堂を手伝いながら病院に通っていた。

それでも子どもはできなかった。怜さんの旦那さんも両方の親も、まだ若いからそんなにあせらなくても、と励ましていたのだが、本人としては妊活のために仕事まで辞めたのだから、という気持ちもあり、だいぶ悩んでいた。

「そのころ祖父も亡くなって……。明林堂をどうしようか、って話になったとき、おばあちゃんがいっしょになんかやらないか、って言い出して……」

怜さんが泰子さんを見る。

「もう身体もキツいし畳むつもりだったんだよね。けど、怜といっしょになにかあたらしいことをできるなら、って思ってさ」

泰子さんが笑った。

「その話を聞いて、なぜか急に気が楽になった。不妊治療のことで頭がいっぱいだったけど、いったんお休みしてもいいような気がして。わたしもよくここに預けられてたでしょ？　明林堂がなくなっちゃうのはさびしかったし。それでブックカフェにしたらどうだろう、と思って」

「そんなおしゃれなもの、できるかな、と思ったけど、カフェにすればお茶を飲みに来た人が書店の方にも来てくれるかもしれないしね」

「カフェを営業できるように改装するのはけっこうたいへんだったし、途中で何度もほんとにできるか不安になったけど、夫も応援してくれて、改装も手伝ってくれたりして……」

「そうそう。ずいぶんいろいろお世話になった」

「はじめてみたら意外なほどうまくいったんだよね。だんだんお客さんが来るようになって」

「書店スペースは狭くなったけど、本の売り上げもあがったんだよ。でも、そしたらなぜか怜に子どもが……」

泰子さんが笑った。

「あれほど病院に通ってもダメだったのにねえ。子どもはほしかったからすごくうれしかったんだけど、はじめちゃったお店、どうしよう、ってなって」

怜さんも笑った。

「七ヶ月までは安定期だけど、八ヶ月にはいったらなにがあるかわからないでしょ。カフェはわたしの友だちが引き継いでくれることになったんだけど、書店の方もわたしが手伝えないとおばあちゃんがひとりになっちゃうし」

「一葉ちゃんが来てくれるなら、わたしももう少しがんばれるよ」

泰子さんがうれしそうに微笑んだ。

4

夕食のとき、父と母に上野桜木のブックカフェで働くことにしたと報告した。反対されるかもと心配だったが、父は意外にすんなり認めてくれた。

――古くからある店なら信用はあるだろうし、いいんじゃないか。

上機嫌とは言わないが受け入れてくれて、ちょっとほっとした。


あずきブックスで働きはじめて忙しかったこともあり、あっというまに第四土曜がやってきた。十一月のお菓子は、「銀座《ぎんざ》清月堂《せいげつどう》」の「おとし文《ぶみ》」だ。

清月堂は明治四十年創業の老舗菓子店で、銀座七丁目に本店がある。祖母がかつて勤めていた広告代理店も新橋《しんばし》に近いそのあたりにあり、むかし、祖母がはじめて祖父の家を訪ねたときも、手土産に清月堂のお菓子を持っていったらしい。

――だってねえ、庶民的なおまんじゅうってわけにもいかないでしょう？　失礼にならないようにきちんとしたお菓子にしなくちゃ、って緊張して、会社でよくおつかいに行っていた清月堂さんのお菓子なら大丈夫だろうと思って。

祖母はそう言っていた。

いつ聞いたのか忘れてしまったが、祖父と祖母は都電で知り合ったらしい。

祖父が座席に忘れていったマフラーを祖母が拾って追いかけて、という古典的な出会いから付き合いがはじまったのだ。まだ見合いの多い時代だったのに、最先端の恋愛結婚だったのよ、と言っていたのを思い出した。

朝、根津から地下鉄で銀座に向かった。母から、いまは上野の松坂屋にも清月堂のショップがはいっていて、おとし文ならそこで買える、と聞いたが、祖母が祖父の家に行くときにお菓子を買ったという本店に一度は行ってみたかった。

日比谷で千代田線から日比谷線に乗り換え、銀座駅に。銀座四丁目の交差点から新橋の方に向かって中央通りを歩いていく。銀座七丁目の交差点で左に曲がり、しばらく歩いて大きな歩道橋を渡った。

清月堂はすぐに見つかった。大きなビルの一階にあり、どうやら自社ビルのようである。立派なのれんがかかり、店内には枝物の花が生けられている。立派なお店だなあ、と思いながら、十個入りのおとし文を一箱買った。

連句の会場の大田文化の森に着き、メールに書かれていた会議室に向かう。いつもは蒼子さんから連絡が来るのに、今回は鈴代さんからだった。どうやら蒼子さんは今回もまた欠席で、桂子さんからみんなに連絡するように頼まれたらしい。

蒼子さん、どうしたんだろう。二回続けてお休みなんて。

会議室のドアをあけると、航人さん、桂子さんといっしょに知らない年配の男性が座っていた。祖母と同じくらいだろうか。ハンチング帽の下から白髪が見えた。

「ああ、一葉さん」

桂子さんが言った。

「へえ、こちらが治子さんのお孫さん？」

年配の男性が豪快な声で言い、にっこりと笑った。

「はい、一葉と言います」

なんだかわからないまま、お辞儀をした。

「こちらね、睡月《すいげつ》さん。むかし堅香子のメンバーだった人。『双羊《そうよう》』という連句会の代表なんだけど、ときどきひとつばたごに見えることもあるのよ」

桂子さんが言った。

「いや、なんだか最近治子さんのお孫さんがひとつばたごに来てるらしい、って聞いてね。なつかしくなって来てみたんだよ」

どんな経歴の人かわからないが、なんだか迫力があり、緊張してしまう。

睡月さんがふぁっふぁっふぁっふぁと笑った。

「おや、豪快な笑い声が聞こえると思ったら、睡月さんがいらしてたんですね」

ドアがあき、悟さんがはいってきた。うしろに鈴代さんもいる。

「この前は久子さん、今回は睡月さん。最近はなんだかにぎやかですねぇ」

鈴代さんが鈴みたいな笑い声を立てる。

「おう、鈴代ちゃんもあいかわらず別嬪《べっぴん》さんだね」

睡月さんがにいっと笑った。


それから萌さん、陽一さん、直也さんが順々にやってきて、連句がはじまった。今日は蛍さんは大学の用事でお休みらしい。

わたし以外はみんな睡月さんのことを知っているようで、和気あいあいと会話している。桂子さんによると、睡月さんの本業は歯医者さんで、俳人でもあり、堅香子の中心メンバーだったのだそうだ。

もう十一月の末。季節は冬。発句は冬の句である。

睡月さんがさっと句を出す。切《き》れ字《じ》のはいった俳句らしい丈高い句で、さすが俳人だなあ、と思う。蒼子さんがお休みなので、今日もホワイトボードに書くのはわたしの仕事である。

航人さんがみんなに脇を募ると、睡月さんは、いやいや、脇は捌きが付けなくちゃあ、と豪快に笑った。航人さんも、わかりました、と頭をさげ、少し考えてからさらさらと短冊に句を書いた。

いつもは句を作っているときはみんなしんとなるのだが、睡月さんがよくしゃべるので、今日はずっとにぎやかだ。

「式目ももちろん大事だけどね、勢いも大事だよ。波に乗らないと」

サーフィンのポーズを取りながら睡月さんが言う。航人さんが横で苦笑いしているのが見えた。そういえば前に祖母が、むかしの連句会にはおもしろい人がたくさんいたのよ、と話していたのを思い出した。

――みんなふだんは偉い人なのに、連句会では羽目を外してて。豪快な歯医者さんと週刊誌の記者をしてる人が悪ノリしてめちゃくちゃな恋句を作ったりして。冬星さんにやりすぎだよ、ってたしなめられてた。

祖父も祖父の両親も生真面目で、祖母の父も無口だったから、祖母はそういう悪ノリする男性に慣れていなかったみたいだが、愉快そうに話していたから、祖母なりに楽しく過ごしていたのだろう、と思った。

祖母が言ってた豪快な歯医者さんっていうのがこの睡月さんなのか。

睡月さんの笑い声を聞きながら、ようやく思いあたった。

睡月さんの勢いという言葉にあと押しされたのか、表六句はあっというまに終わった。裏にはいり、おとし文の箱を開く。

「おとし文か。なつかしいねえ。いつも治子さんが持ってきていたお菓子だ」

睡月さんが目を閉じながらうなずく。

「一葉さん、知ってますか？　このおとし文っていう名前はねえ、悲しい恋物語からつけられているんですよ」

睡月さんがこちらをじっと見た。眼鏡の奥の目が鋭くて、ちょっとたじろいだ。

「身分ちがいのお武家さまに恋した女性が、かなわぬ想いを筆にしたため、でもどうしても渡せずに、文を丸めて川に流した。その丸めて捨てた手紙がおとし文。はかない恋の想いが包まれている、っていうわけだ」

睡月さんが歌うように言った。

「このお菓子を見ながら、治子さんにもそういうはかない恋の思い出があったのかもしれないなあ、なんて思ってたんですよ」

「ちょっと、睡月さん」

桂子さんが笑いながらたしなめる。はかない恋の思い出か。祖父と祖母の場合は、どちらかというと祖父が祖母のことを好きになって、ということだったように思う。毎日毎日手紙が届いていた、みたいな話を聞いたことがあった。

祖母がはじめて祖父の家に行ったときは、まだおとし文はなかったのかもしれない。持っていったのは別のお菓子だった、と聞いた。

おとし文は黄身しぐれである。口に入れるとほろっと溶ける。ただふつうの黄身しぐれとちがうのは、外見が茶色いこと。黄身しぐれというと、外側に黄身あん、内側に白餡を用いたものが多いが、おとし文は外側がこしあんで、なかが黄身あんになっている。独特の味わいは、黄身あんの部分が大きいからかもしれない。

「うーん、おいしい。このほろほろ感がたまらないですね」

悟さんが言った。

「まさに若い娘のいじらしい心のようだなあ」

睡月さんはお菓子をぱくんと食べてそう言った。

「睡月さんはまた……。でも、せっかくおとし文の由来も聞いたし、恋句ではおとし文を使いたいわね」

桂子さんがふぉふぉふぉっと笑った。

「若い女性たちもいるんだから、ここは瑞々しい恋がほしいところですよねぇ」

睡月さんがこっちを見る。

若い……。今日は蛍さんはお休みだ。若い、というのは、萌さん、鈴代さん、わたしのことなんだろうか。萌さん、鈴代さんと顔を見合わせた。

「一葉さんはともかく、わたしはそんなに若くないです。もう子どももいますし」

「わたしもですぅ」

萌さんと鈴代さんが笑いながら言う。

「わたしたち皺々《しわしわ》の老人から見れば、ふたりとももうぴちぴちですよ」

睡月さんがふぁっふぁっふぁ、と笑う。

「まったく、睡月さんが来ると、堅香子のころの雰囲気に戻るわね。一葉さん、びっくりしちゃうんじゃない？」

桂子さんがわたしを見た。

「これも連句ですよ。世界は多様ですから」

航人さんが笑った。

「桂子さんのような深い世界もいい。一葉さんや蛍さんのような繊細な世界もすばらしい。でも、連句が目指すのは森羅《しんら》万象《ばんしょう》を描くこと。睡月さんみたいな百戦錬磨の人の句もないと、ほんとの森羅万象にはならない」

「まあ、わたしのはオールドスタイルだからねえ。いまは気をつけないとセクハラって言われかねない。わたしも親戚の集まりなんかではよく妻に言われてますよ、口にチャック、って」

睡月さんが口を結び、チャックを閉める仕草をする。みんなははは、と笑った。

「まあ、裏にはいったしね。ちょっと足を崩しましょうか」

睡月さんが短冊を手に取る。やはりさすが俳人。航人さんからうながされるまでお菓子とおしゃべりに夢中になってしまうわたしたちとはちがう。さらさらとペンを走らせ、さっと航人さんの前に出した。

露寒に白き腕を手繰り寄せ

露寒は晩秋の季語である。表の五句目の月から、秋がまだ続いている。

「えー、いきなり足崩しすぎじゃないの」

桂子さんが言った。

「これ、腕は『かいな』でいいんですよね？」

直也さんが訊く。

「そうだよぉ」

睡月さんが大きくうなずく。

「崩しすぎかなあ。これでも乳房にしなかったんだから……」

睡月さんが不満そうに言う。

「それじゃあ、破礼句《ばれく》でしょう」

桂子さんがふぉふぉっと笑う。

「破礼句ってなんですか？」

思わず訊いた。

「破礼句っていうのはあれだよ……エロティックな句ってこと」

睡月さんが言いにくそうに声をひそめる。あ、と思って、口をつぐんだ。なるほど、百戦錬磨とはそういうことか。

「睡月さんは発句も出してるし、ここは若い女性陣の句を待ちましょうか」

航人さんの言葉に、睡月さんは、そうだなあ、と笑った。

横から鈴代さんが短冊をすっと出す。

おとし文湿らせてゆく露時雨

「おとし文の句ですね。まだ裏一句目だし、睡月さんみたいにすぐにどっぷり恋句になるより、恋の呼び出しくらいの方がよいだろうし。これでいきましょう」

航人さんが笑いながら言った。

歳時記を見ると、露時雨《つゆしぐれ》とは、雨ではなく露のことみたいだ。露が一面におりて時雨が降ったあとのようになっているという意味らしい。鈴代さんの句は、露のおりた地面に文が落とされ、湿っていく、ということなのだろう。

「はかなくてきれいな句じゃない？　やっぱり若い人はちがうのよぉ」

桂子さんがふぉっふぉっふぉっと笑う。

「いやあ、ほんとほんと」

睡月さんもふぁっふぁっふぁと笑った。

5

その後も、睡月さんは休みなく句を出し続けた。先月の久子さんもすごかったが、睡月さんの句にはまた別の驚きがあった。

言葉が豊富なのである。わたしたちが知らないような季語を使いこなし、日本各地のさまざまな地名や行事の名前が出てくる。時代もいろいろだ。睡月さん自身の子ども時代の記憶もあるし、故事を用いたものもある。

取られなかった句ももちろんたくさんあるが、言葉の幅の広さに目を見張った。百戦錬磨とは恋句のことだけじゃない、こういうことだったのかもしれない、と感じた。直也さんも悟さんも陽一さんも、すごいですねえ、とうなっている。

「季語への向き合い方が全然ちがうんですよね」

悟さんが言った。

「僕たちは歳時記に載っている季語の何割かしか知らないし、言葉として知っててても実際に見たり、体験したことがなかったり。睡月さんは僕たちの数十倍の季語を実感されてるんだと思うんです」

「それはねぇ、ただ年くってるっていうだけ」

睡月さんが笑う。

「そうじゃないんですよ。訪れたことのある場所や体験したことが多いのは当然なんですけど、それだけじゃない。教養と言いますか……」

陽一さんが、恐縮した、という表情になる。

「この数十年で、風景の色が少なくなったのかもしれない、と感じるときもあるんですよねえ。ビルが増えて、どこも同じような風景になって。暮らしやすくはなったけど、景色を感じることも減った気がして」

直也さんが言った。

「我々が子どものころは空はもっと青かったし、冬は凍るほど寒かった。色もあざやかだった気がする。単にわたしが年をとっただけなのかもしれませんけど」

「生活のなかで自然と接する機会は減ったよねえ。土も虫もあまり見ない。そしたら季節は感じなくなるかもしれないけど……。でも、あなたたちにはあなたたちにしか見えないものもあるわけだから、それを出せばいいんですよ」

睡月さんが笑った。

名残の表、陽一さんの「本読む君の睫毛《まつげ》麗し」から恋の座がはじまった。

「素敵。伏し目にまつ毛がかかっている、っていう雰囲気ですよね」

鈴代さんが訊く。

「そうですね、僕はなぜか、くるんとカールしてあがったまつ毛より、真っ直ぐで庇《ひさし》のようになるまつ毛に惹かれるんですよね」

陽一さんが答えた。

「ええ〜、そうなんですか？　やっぱり少しでも目を大きく見せたいから、ビューラー使う人が多いと思うんですけど」

萌さんが意外そうな顔をする。

「いやいや、わかるよ、庇のようなまっすぐなまつ毛、涼しげでいいよなあ」

睡月さんはそう言うと、よし、じゃあ、次はこれだ、と言いながら短冊にさらさらっと句を書いた。

乙女子の微かに開く膝頭

「やぁだ、また睡月さんは」

桂子さんが笑いながら目を背ける。航人さんも困ったように笑っている。

「いやあ、これはね、本に夢中になった若い女性の膝《ひざ》がこう少し開いて、っていうことで、そんな変な意味じゃないんだよ」

「どうだか……。やっぱり睡月さんの『睡』は『酔っ払う』の『酔』の方がよかったんじゃないですか」

桂子さんが言った。

「よくタケシさんにも言われたなあ、また酔っ払いの方の『酔月』が出た、って」

「タケシさん？」

わたしは訊いた。

「そう、『健全』の『健』でタケシ。週刊誌の記者で、汚職だの不倫だのの記事ばっかり書いてた。全然健全じゃなかったけどなあ」

睡月さんがふぁっふぁっふぁっと笑った。

週刊誌の記者……。ということは、祖母が言ってた悪ノリしてたもうひとりの人がその健さんってことか。

「治子さんが亡くなったとき、健さん、泣いてたんだよなあ。自分はふざけた句ばかり作ってて、治子さんにもっとちゃんとしたとこ見せとけばよかった、って。ちゃんとしたとこなんてないくせに」

睡月さんが笑った。

「健さんも去年亡くなって。年とると、知ってる人たちがどんどんいなくなっちゃうからなあ。せめて句だけはむかしみたいにあざやかに、激しくありたいって思うのかもしれない」

「まあ、名残の恋ですから。いいと思いますよ、こちらにしましょう」

航人さんがそう言って睡月さんの句を取りあげ、わたしの方に差し出す。

「堅香子でもむかしはいろいろあったんだよ。句だけじゃなくてさ、刃傷沙汰《にんじょうざた》になりそうになったことも」

ホワイトボードに句を書いていると、睡月さんの声が聞こえた。

「刃傷沙汰ですか！」

鈴代さんが声をあげる。

「ちょっと、睡月さん」

桂子さんが止める。

「まあ、もう時効じゃないですか。それにだれも怪我しないですんだんだし」

「刃傷沙汰って、どういう……」

萌さんも身を乗り出した。

「いや、いろいろね、あったわけ、そういう……男と女の修羅場がね」

「男女の修羅場？」

萌さんと鈴代さんが顔を見合わせる。

「果林さんのこと、皆さん名前くらいは知ってるでしょう?」

睡月さんが見まわすと、みんなこくんとうなずいた。

「果林さんはさ、すごくきれいな人だったんだよねえ。ほんと、艶があるっていうのかな。写真で見ると目立たないんだけど、実際に見るとすごくきれい。そういう人だったんだよね」

うちの父と果林さんのお子さんが小学校の同級生で、そういう縁で知り合ったっていう話だったけど、果林さんってそういう人だったのか。

「情熱的でさ。なんていうか、平安時代で言えば和泉式部《いずみしきぶ》タイプかな。それで、桂子さんは紫式部《むらさきしきぶ》タイプ、って感じ。清少納言《せいしょうなごん》がいないけど、それはまあ置いて。当時は果林さんと桂子さんが句で火花を散らしてたんだよ。果林さんがいい句を出すと、桂子さんも負けじとすごい句を出してきて、ばちばち火花が散ってる感じで、わたしたち男連中はたじたじだったんだよねえ」

「やぁだぁ、やめてくださいよ」

桂子さんが言った。

「果林さん、離婚したでしょう? きれいな人だったからね、熱をあげてる人も少なくなくて。で、そのなかのひとり、妻子持ちの連衆と恋仲になっちゃった」

「ええ〜〜〜」

鈴代さんが目を輝かせる。

「でね、桂子さんが諌《いさ》めたわけ。果林さんは離婚してるけど、相手は妻子持ちでしょ、果林さんを諭して別れることになったんだけど、相手の男がやっぱり別れたくない、って言って、あるとき連句会に刃物持ってきちゃって……」

「刃物～！　それでどうしたんですか」

「刃物持ってる、って桂子さんが最初に気づいて、冬星さんに耳打ちしたんだよね。冬星さんがさりげなく果林さんと桂子さんを給湯室に行かせて。なんか様子がおかしいぞ、って思ったとき、健さんがひそっと、刃物持ってる、って」

みんな固唾を呑む。

「それでふたりでそれとなく近づいて、うしろからこう、がばあっと」

睡月さんが身振り手振りをつけて言った。

「取り押さえたんですか？」

直也さんが訊いた。

「そういうこと。健さんが手にちょっと怪我したけど、なんとか言い聞かせてさ。警察には届けないことにしたんだけど、連句会にはもう出入り禁止だよね。しばらく連句の世界から消えてたけど、風の噂で数年後、別の会にはいったって聞いた。もとの奥さんとは別れたって」

「まあ、でもあの人ももともと気の弱い人で……」

桂子さんが言った。

「そうそう。気の迷いだったと思うよ。あのときも桂子さん、果林さんもよくない、って、果林さんに忠告してさ。それで果林さんが怒っちゃって、果林さんは桂子さんがいるなら堅香子をやめる、桂子さんも果林さんがいるなら堅香子をやめる、って言っておたがい譲らなくなっちゃって」

「そうだったわねえ。あのとき治子さんがいなかったら……」

桂子さんが宙を見あげた。

「祖母が？」

「ええ、治子さんがとめてくれたの。そういうことで大事な絆を切ってはいけない、って。彼と果林さんのことはよくないことだけど、桂子さんと果林さんのあいだまで切れるのはおかしい、って」

「そうそう、男たちは怖くてなにも言えなかったのに、ふだん控えめな治子さんが、あのときは泣きながら桂子さんと果林さんに食ってかかったんだよ。それでふたりとも呆気にとられて、正気に戻った」

あの祖母がそんなことをやってのけたとは。なんだか信じられなかった。

「びっくりしたわよねえ、あのときは。『縁は切れたらそう簡単につながらないんだから』ってすごい剣幕で」

桂子さんが言った。

「冬星さんもあとで驚いた、って笑ってたよ。でも助かった、って。治子さんがいなければ桂子さんと果林さんが仲違いして、堅香子も空中分解していたかもしれない。堅香子の要《かなめ》は実は治子さんなのかもしれないなあ、って」

「そうかもしれないわね」

桂子さんがうなずいた。

「桂子さんと果林さんも、そのあとしばらくはちょっとわだかまりがあったみたいだけど、結局だれよりも仲良くなってたもんなあ」

「そうね、親友だったと思う」

桂子さんがぼそっと言った。

祖母は自分をお菓子番だと言っていたけれど、それ以外の大事な役割があったみたいだ。そういえば、久子さんも「ひとつばたごができたのは治子さんのおかげ」って言ってたっけ。あれはどういうことなんだろう。

「嘘みたいよね。果林さんも冬星さんも治子さんも健さんももういないなんて」

「そうですね、ほんとうに。人はみんな、生きているうちに泣いて笑って、生き切るしかないんですよね」

航人さんはそう言って、短冊にさらさらっと句を書いた。

「ここはこれでよいでしょうか。恋を離れてしまいますけど」

睡月さんと桂子さんに短冊を見せる。

「いいんじゃない」

「うん、いいんじゃないか」

桂子さんがふぉっふぉっふぉと笑い、睡月さんがふぁっふぁっふぁと笑った。

本読む君の睫毛麗し　　陽一
乙女子の微かに開く膝頭　　睡月
業を背負いて生を謳歌す　　航人

6

連句が終わり、大森駅の近くの店で二次会をした。睡月さんも、若い人といっしょに飲めるのはうれしいねえ、と上機嫌だった。

となりに座った鈴代さんと萌さんにブックカフェのことを訊かれ、週四で働き出したことを報告した。明林堂がブックカフェになったいきさつを説明し、ポップの仕事も続ける、と話した。

「両親もいちおう納得してくれて。小さな店ですから諸手《もろて》をあげて大賛成、ってことじゃないんですけど」

「ええっ、いいんじゃない？　わたしはいいと思うよ」

鈴代さんが言った。

「いまは大手にはいったからって安心じゃないし、IT化もますます進んで職種もこれから変わっていくでしょ？　その点、ポップの仕事は機械に真似できない特技だし。地元に根づいた小さな店、っていうのも魅力を感じる」

「そうですよね。そのブックカフェ、気になります。和のスイーツにも興味あるし。今度行ってみたいです」

萌さんが言った。

「ええ、ぜひ。怜さんの淹れる日本茶、すごくおいしいんです。近くにもいろいろ素敵なお店もあるし、少し歩けば上野公園や谷中の商店街にも行けるし」

「そっかぁ。いいなあ。博物館も見たいし、久しぶりに動物園も行きたいかも」

鈴代さんがふふふ、と微笑む。

「ええ〜、動物園ですか？　うちは子どもがいるから行きますけど……」

萌さんが不思議そうな顔をした。

「パンダが好きなの。だからときどきひとりで見にいくよぉ。お尻くらいしか見えないことも多いけど」

鈴代さんが笑った。


お店を出て、別れ際、睡月さんはずいぶん赤い顔になっていた。席が遠くてわたしはあまり話せなかったけれど、桂子さんや直也さん、航人さんと笑顔で会話していたし、お酒もたくさん飲んでいたみたいだ。

「今日は楽しかったなあ」

睡月さんが朗らかに言った。

「航人さんの捌きもだいぶさまになってきたし、また寄せてもらいたいねえ」

「ええ、ぜひ」

航人さんが微笑む。

「航人さん、捌きに徹するのもいいけどね。あなた自身も句を作りなさいよ。いいものを持っているんだから。もっと自由にね」

「わかりました。心がけます」

航人さんはそう答えて少しうつむく。

「皆さんの句もおもしろかった」

睡月さんがわたしたちの方を見た。

「ありがとうございます」

悟さんが答える。

「皆さん、連句は楽しいですか」

「はい」

口々に言って、うなずく。

「よかったです。そしたら、続けてください」

睡月さんは真っ赤な顔で言う。

「皆さんと連句を巻いて、また冬星さんや治子さんや健さんに会えた気がした。連句が続けば、わたしたちの欠片《かけら》も残る。もとの形がわからないほど小さくなっても。それはちょっとうれしいことですから」

「酔っ払いの方の『酔月』さんが出たわねえ」

桂子さんが笑った。

「なんだぁ、真面目に言ったのに」

睡月さんも笑う。

「年とったら、いつだってこれが今生《こんじょう》の別れになるかもしれない。言うべきことを言っとかないと。楽しんでくださいよ。これからはあなたたちの時代なんだから」

あなたたちの時代。睡月さんや果林さんや健さんみたいな色あざやかな人生を送れる気はあまりしないけれど。

——連句が続けば、わたしたちの欠片も残る。もとの形がわからないほど小さくなっても。

その言葉が耳奥で響いて、この前航人さんが言っていた挙句の話を思い出した。「おだやかに、続くように終わる」。「続く」と「終わる」はちがうことのように思っていたけれど「続くように終わる」ということもあるのかもしれない、と思った。

旅人の本

1

十二月にはいり、「あずきブックス」の仕事にも少しずつ慣れてきた。

本や雑誌は夜中から早朝にかけて入荷する。出勤したらまず雑誌とコミックの梱包を開けて陳列。常連さんの定期購読分を取り分けておく。それから新刊書籍の箱、注文品や客注品がはいっている箱を順番に開けていく。

それぞれ、検品し、陳列していくが、朝のうちにすべてが終わるということはなく、雑誌とコミック以外はたいてい開店してからならべることになる。

明林堂は小さいわりには専門書が多い書店だったのだそうだ。東京藝術大学や博物館が近いこともあり、美術や建築関係の本が数多く置かれていた。泰子さんの旦那さんが専門書にくわしかったので、品ぞろえにも定評があったらしい。

あずきブックスに変わるとき、専門書の棚は少し小さくしたそうだが、いまも町の書店にしては美術や建築の本が豊富で、高価なものも取りそろえられている。

水曜が定休日。わたしは週四日勤務なので、火曜、木曜をお休みにしてもらった。

連句がある週以外は、金、土、日、月と連続して出勤し、火、水、木は家でポップの仕事をする。連句がある週は、土曜休む代わりに火曜日に出勤した。

――むかしは本を置いておきさえすれば売れたんだけどねえ。新刊を出せば必ず買っていく人がいたし。

片づけの最中、泰子さんはよくそう言った。九〇年代ぐらいまでは本は文化の中心で、話題を追うためには新刊を読むのがふつうだったし、話題の雑誌は発売日に飛ぶように売れたのだそうだ。

新聞や雑誌の書評に載った本もよく売れた。新聞の読書欄で取りあげられた本を探しにくるお客さんがけっこういた。タイトルをメモしたり、切り抜きを持ってくる人もいれば、新聞に載ってたあれ、とうろ覚えで尋ねてくる人もいた。

明林堂でも新聞や雑誌を複数チェックし、書評本コーナーを作っていた。書評を切り抜き、色画用紙に貼って壁に掲示するのは泰子さんの役割だったのだそうだ。

だがいまは……。町の書店はどんどん姿を消し、大規模店でも開店が相次いでいる。

改装のために数ヶ月休まざるをえなかったし、カフェをはじめるにもさまざまな手続きが必要だったみたいだが、ブックカフェにしたことで、常連も増えてきているみたいだ。最初は泰子さんも怜さんもほんとうにうまくいくのか半信半疑だったが、いまはカフェスペースを作ってほんとによかった、と思っているみたいだ。

――怜の思いつきのおかげだよね。おじいさんが生きてたら、本屋は本を売るところだって反対しただろうけどね。わたしだってそう信じてたけど、時代に合わせた工夫も大事だなあ、と思ったよ。

泰子さんはそう言っていた。


怜さんのお腹も七ヶ月をむかえた。七ヶ月までは安定期らしいが、八ヶ月になればお腹も大きくなり、カフェ業務もむずかしくなる。

カフェの営業は真紘《まひろ》さんという怜さんの友だちにまかせることが決まっていた。真紘さんは怜さんが保育士をしていたころの同僚だ。もともと料理が好きで、料理の腕を生かして自分のカフェを持つのが夢だった。

夢を実現するために保育士をやめて専門学校に通い、料理や経営を学んで資格も取った。いまは開業資金を貯めるのとカフェの業務を知るために働く先を探していたところで、それを聞いた怜さんが、あずきブックスのカフェスペースで仕事しないか、ともちかけたのだ。

「真紘さんは料理が得意だから、ランチメニューは問題ないのよ。むしろいまよりよくなると思う」

閉店後のミーティングで、怜さんが言った。

「問題はお菓子なんだよね」

怜さんがぼやいた。

「焼き菓子ですか？」

あずきブックスにはパフェ類のほかに焼き菓子も置かれている。あずきや栗がはいった和の雰囲気のある焼き菓子だ。真紘さんは料理はうまいのだが、お菓子作りにはくわしくない。同じ材料でレシピを見ながら作っても、怜さんの作ったものと食感も風味もちがうらしい。

「お菓子作りって、料理とはまた別なんだよね。パフェの方はなんとかなると思うんだけど、焼き菓子だけわたしがあらかじめ作っておくしかないかも」

「でも、子ども生まれたら無理でしょう？」

泰子さんがすぐに反対した。

「一週間分ずつ作りおきできないかな」

怜さんが言った。

「できない、できない。しばらくたいへんだよ」

泰子さんは大きく首を横に振った。

「でも、お母さんも手伝いに来てくれる、って言ってたし」

「そのときは自分がごはん食べたり、眠ったりした方がいいよ。生まれたばかりのときは休む時間もまったくないんだから。保育園に預けられるようになるまではお店用のお菓子作りはとうてい無理だよ」

「お母さんもそう言ってたけど……。でも、そしたらどうすればいいんだろ」

「しばらくのあいだ、近くのお店で買ったお菓子を出すのではダメでしょうか？　このあたり、和菓子屋さんも多いですし」

そう提案してみる。

「それも考えたけど……ちょっとさびしくない？」

怜さんは納得できない、という表情だ。たしかに買ったお菓子を出すのは味気ない。お店の特徴も薄れてしまう。

わたしがお菓子を作れれば……。

そこまで考えたとき、萌さんのお菓子が頭に浮かんだ。

「そういえば、連句の知り合いで焼き菓子が得意な人がいるんです」

「え、ほんと？」

怜さんが目を見開く。

「いえ、その人が作ってるのはオーソドックスなイギリス風のビスケットのようなもので、怜さんの作っているものとは全然ちがうんですが」

でも、試作品のなかにはパウンドケーキみたいなふんわりした焼き菓子もあった。

「その人、お仕事は？」

「いまはしてないみたいです。下のお子さんがまだ小さいので。でも、この前、知り合いと手作りマーケットを開催して、焼き菓子を販売して……」

「ああ、一葉さんがタグを作ったっていう？」

怜さんが言った。そういえば最初にここに来たとき、その話もしたんだった。

「はい、そのときのお菓子もとてもおいしくて。数もけっこう焼いていたと思います。怜さんみたいなあずきや栗のはいった焼き菓子を焼けるかわからないですけど、訊くだけ訊いてみましょうか」

「そうね、細かいことはまた相談していけばいいし……」

怜さんもうなずいた。


萌さんに電話で訊いてみると、興味を持ってくれた。萌さん自身、そろそろ仕事に復帰したい、という気持ちが高まりつつあったところだったみたいだ。

——ゆるゆると職探しをはじめてたんだけど、なかなか条件に合ったところがないのよ。とくに勤務時間がね。下の子がもう少し大きくならないと無理かなあ、って思ってたところだったの。

萌さんはそう言った。

――それに、この前イベントでお菓子売ったのが楽しくて。評判もよかったし、こういうのまたできたらなあ、って思ってたから。

――ただ、あずきブックスのお菓子は、あずきや栗がはいっていて、和の風味があったりで、萌さんがいつも作っているお菓子とは趣がちがうんですけど。

――和の風味って？　和三盆《わさんぼん》とか使ってるのかな？　それともみりんとか？

萌さんが訊いてくる。

――いいえ、わたしはお菓子のことはまったくわからなくて。でも、和三盆というのは怜さんも言ってました。萌さん、日本の調味料にもくわしいんですか？

――くわしいってほどじゃないけど……。別にイギリスのお菓子が専門、ってわけでもないんです。ごはんは和食が多いし、毎年梅干しも漬けてるし。

――え、梅干し？　ご自分で？

――母が料理教室をしてるから、わたしも子どものころからいろいろ教わったんですよ。大学時代は映画に夢中だったから、料理の道は考えたこともなかったんだけど、料理自体はいまでも好きなんです。

なるほど。だからお菓子もあんなに本格的だったのか。

――とりあえず、そのあずきの焼き菓子のレシピを送ってもらうっていうのはどうだろう？　そしたら試作してみるけど。

――ほんとですか？

――なにか仕事したい、外とつながりたい、ってずっと思ってたから。願ってもないチャンスだもんね。

萌さんが言った。

2

怜さんに伝えたところ、すぐにレシピとサンプルの焼き菓子、材料一式を萌さんの家に送ってくれたらしい。数日後、萌さんが出来上がったお菓子を持ってあずきブックスにやってきた。

「はいっていたサンプルにできるだけ似せて作ったつもりなんですけど」

お菓子を差しだしながら萌さんが言った。あずきブックスで使っているのと型がちがうようで、形はちがうが怜さんのお菓子と色や質感はよく似ている。

怜さんがお菓子をひとつつまみ、ぱくんと食べた。

「うん、おいしい」

目を丸くして言った。

「生地もしっとりふんわり、なめらかだし、あずきの煮方も完璧」

「よかったあ」

萌さんがふうっと息をついた。

「最初はなかなかうまくいかなくて。パウンドケーキは作り慣れてるのでだいたい想像がついたんですけど、あずきの煮方が……。渋みが出たり、皮が破けて形が崩れちゃったりで。ケーキに入れたとき形がしっかり出ないときれいじゃないから」

「意外とむずかしいですよね。パウンドケーキの食感もうちのとよく似てます」

「ふわふわとどっしりの中間くらいの感じですよね。バターの練り具合とか、あずきを混ぜるタイミングとか、けっこう試行錯誤しました」

「すごいですねえ。レシピだけでこんなに再現できるなんて……」

怜さんが感心したように言った。

「材料や作り方がわかっても、同じにならないものなんですか？」

気になって、ふたりに訊いた。

「ならないですよね。お菓子作りは、練ったり泡立てたりの作業が多いので、その具合でふくらみ方も食感も変わります。同じ材料で作っても、混ぜすぎて粘りが出たり、ぽそぽそになったり」

萌さんが答える。

「生地を入れるときの厚みとか、オーブンの予熱とかでも変わるよね。けっこう微妙なことが影響するんだけど、慣れないうちはそのちがいに気づかなくて……」

「失敗して学びますよね」

萌さんが笑った。

「そうそう。それで、なにがいけなかったのか考える。粘り強い、っていうか、あきらめの悪い人の方が上達するのかも」

怜さんも笑った。

店で販売するお菓子は菓子製造業営業許可証のおりた施設で作らなければならないため、萌さんには週に一度あずきブックスの定休日である水曜日に来てもらい、カフェの厨房でお菓子を焼くことになった。

そして、カフェには調理士免許を持っている真紘さんがいるけれど、萌さんにも食品衛生責任者の資格だけは取ってもらうことにした。

「よかった。これで安心して産休にはいれます」

怜さんがほっとしたように言う。

「生まれてからの方がたいへんですよ。わたしも最初の子のときはびっくりしましたもん。ほんとに休む暇ないんだな、って」

萌さんが笑った。

「母も祖母も、子どものいる友だちもみんなそう言うんですよね」

怜さんが言った。

「産む前は、お腹重くて動きにくいし、早く出てきてくれ〜、って思ってましたけど、生まれてからはどこに行くにも抱っこしないといけないし、ああ、お腹のなかにいたときは便利だったな、カンガルーみたいにポケットがあれば、って思うようになりました」

「わたし、以前は保育士をしてたんです。小さい子には慣れてるし大丈夫だと思ってたんですけど、子どもを産んだ保育士仲間に、やっぱりちがうよ、って」

「そうですねえ。しばらくは年中無休、二十四時間休み時間なし、交代要員ゼロの状態が続きますから」

「いちおう、母が手伝いに来てくれる、ってことになってるんですけど」

「そしたら少し楽かもしれないですね。うちは母が仕事をしているので、週一がせいぜいで。休憩も睡眠も思うように取れないし、新生児ってちょっとまちがえたら死んじゃうかもしれないじゃないですか。そのプレッシャーがすごくて」

兄の子どもたちのことを思い出す。義姉はたしかに忙しそうだが、そんなに過酷なものだとは思わなかった。

萌さんも義姉もそういう状況を乗り越えてきたんだなあ。だからいろいろなことを要領よくこなせるんだろうか。でも、そんなこと言ったら、母も祖母もそうか。

「そうだ、育児関係でなにか必要なものがあったら言ってくださいね。うちもそろそろ赤ちゃん時代の服やグッズは処分しようと思ってたんで」

萌さんが言った。

「うわあ、助かります」

怜さんがうれしそうに微笑む。

三ヶ月後には怜さんもお母さんなのか。なんだかわたしまでどきどきした。


年末ということもあり、十二月の連句会はいつもより一週間早い第三土曜日に決まっていた。

今月のお菓子は、富山県高岡市《たかおか》にある「不破福寿堂《ふわふくじゅどう》」の「鹿の子餅《かのこもち》」である。雪のように真っ白で、ふんわりした餅のなかにあずきがはいっている。そのふわふわ感が独特で、大福や羽二重餅《はぶたえもち》とは似ているようで少しちがう。

きめ細かく、ふわふわで、やわらかい。祖母に聞いたところによれば、卵白がはいっているらしく、マシュマロに少し似た食感だがずっとやわらかい。

やわらかいのに四角くしっかり立つ。粘りもあるのに歯切れもよい。なんとも不思議なお菓子で、わたしも子どものころから大好きだった。

祖母のリストのほかの月のお菓子はすべて東京のお店のものだが、今回だけは遠方のお店だから、通信販売で注文しなければならない。ネットで見たところ日持ち一週間となっていたので、あずきブックスの定休日の水曜着の指定で注文した。

そもそもなぜ高岡のお菓子か、というと、祖母の父親がもともと高岡の出身だからだ。三男坊だった曽祖父は若いころ東京に出て就職し、所帯を持ったが、本家はいまも高岡にある。

祖母が生まれたときはもう東京住まいだったので、祖母自身は高岡に住んだことはないのだが、盆や正月、冠婚葬祭などで本家に行くことはあり、祖母はそこで出される鹿の子餅が大好物だったのだ。

結婚してからは盆や正月は谷中の祖父の家に行くようになり、高岡に行く機会は減ったが、法事などで訪れたときは必ずお土産にお菓子を買ってきた。

北陸で和菓子というととなりの石川県、金沢を思い浮かべる人も多いと思うが、実は富山の和菓子もとてもおいしいのだ、と祖母はよく言っていた。

有名な「月世界」は、真っ白で軽くて硬くて、空に浮かぶ月のような外見なのに、口に入れるとふわっと溶ける。かわいい形の「高岡ラムネ」や白味噌《みそ》餡の煎餅《せんべい》・「江出《えで》の月」。「おわら玉天《てんたま》」に「杢目羊羹《もくめようかん》」。

祖母が鹿の子餅が好きなのを知って、祖母のいとこが毎年お歳暮代わりに鹿の子餅を送ってくれていた。そのうちのひと箱は家に置き、ひと箱は連句会に持っていっていたらしい。

鹿の子餅を送ってくれていたいとこは祖母より十歳ほど年上で、わたしが大学にはいるころに亡くなった。祖母は葬儀のため高岡に行くことになったが、祖父も亡くなったあとで、ひとりで行かせるのは心配だから、と父とわたしもついていった。葬儀の翌日、瑞龍寺《ずいりゅうじ》や大仏、山町筋《やまちょうすじ》や金屋町《かなやまち》といった古い街並みを見てまわった。父も高岡を訪れるのは子どものとき以来だったらしく、古い建物がこんなに残っているのか、と何枚も写真を撮っていた。

祖母と旅行したのはあれが最後だった気がする。天気もすごくよくて、祖母もまだ元気だった。高岡の街なかに走っている路面電車に乗って、むかしは東京にも都電がたくさんあって、と楽しそうに話していた。

——おじいちゃんと出会ったのも、都電だったんだよねえ。

祖母の声がよみがえり、祖父との出会いの話はあのとき聞いたんだ、と思い出した。不思議だなあ。祖母のことを一生懸命考えても思い出せないことが、ときどき風景の記憶なんかといっしょにふわっとよみがえってくる。

——おじいちゃんが車内にマフラーを忘れていって。これがなかったら外は辛いだろう、と思って。思わず追いかけて電車を降りちゃったんだよね。

そう言ってくすくす笑っていた。

あのときもっと、祖父との出会いの話をちゃんと聞いておけばよかった。祖父は内装店の息子で、祖母の父は畳店勤め。同じように家にかかわる仕事だったから、話が通じるところがあったんじゃないか。父はそう言っていたけれど、ふたりがどうやって親しくなったのか、ほんとのところはわからない。

ほんとに、知らないことばっかりだ。大学時代は祖母もわたしもこの家にいたからいっしょに過ごす時間も長かったのに。

わたしが自分のことばかり話していたからかもしれない。いろんなことに自信が持てなかったり、将来のことが不安だったり。悩みごとがあるといつも祖母に話していた。自分のことで頭がいっぱいだった。

情けない。祖母にとっての大切な話をもっと聞いておけばよかった。

高岡に行く電車の窓からは真っ白い立山連峰《たてやまれんぽう》が見えた。その白さが月世界や鹿の子餅に重なって、富山の人たちはみんな、白という色に特別の想いを持っているのかもしれない、と思った。

水曜日、鹿の子餅が届いた。さっそく開けてみたくなるが、連句会までは我慢である。連句会の会場はどこだっけ。前に来たメールでたしかめようとスマホを見たとき、鈴代さんから新着メールが来ていることに気づいた。

件名に「緊急のお知らせ」と書かれている。

――突然の連絡ですが、蒼子さんの旦那さんが亡くなったそうです。

メールの最初の一文を見て、目を疑った。

蒼子さんの旦那さんが……？　じゃあ、このところ休んでいたのもそのせい？


突然の連絡ですが、蒼子さんの旦那さんが亡くなったそうです。

今日桂子さんのところにメッセージが来たそうで、みんなにも伝えてほしい、と
桂子さんからわたしのところに連絡がありました。

くわしいことはわからないのですが、ご病気だったそうです。

お通夜は連句会の翌日の日曜日夜、告別式はその翌日の月曜とのことで、会場は下に記した通りです。

それで、急なのですが、連句会の際にお香典を集めたいと思います。

告別式の際に桂子さんが持っていってくださるそうです。


ご病気……。おいくつくらいだったのだろう。蒼子さんは大学生のお子さんがいらっしゃるという話だったし、うちの両親よりは若そうだ。旦那さんが少し年上だ

ったとしても、せいぜい五十代？

蒼子さん、大丈夫だろうか。いてもたってもいられないが、なにもできることはない。とにかくお金だけは準備して、くわしいことは連句会で聞こう、と思った。

3

連句会の会場は池上梅園《いけがみばいえん》で、地下鉄に乗って西馬込駅に向かった。

ほかの会議室とちがって、池上梅園は四時半には閉まってしまう。それで梅園で巻くときは昼食持参でお昼前に集まると決まっていた。今回もその予定は変わらないみたいだ。

簡単なおかずを作り、鹿の子餅もしっかり持ったけれど、蒼子さんの話を聞いたあとだし、いつものような楽しいランチ会という雰囲気ではないだろう。地下鉄に揺られながら、包みを膝にかかえた。

西馬込の駅に着き、国道沿いの道を歩く。そういえば、最初にひとつばたごに来たときの会場も池上梅園だった。

職を失って実家に戻り、祖母の本棚のノートからお菓子の名前のメモを見つけ、すぐ近くにあった連句会の冊子に記されていた蒼子さんのアドレスに連絡したら、すぐに返事が来た。そのメールがきっかけで、連句会に行くことになったのだ。

どんな人がいるのかもわからないし、ほんとに行ってもいいんだろうか、と着くまでは不安だった。会場の和室にはいって、蒼子さんに「もしかして、一葉さん？」と呼びかけられたのだった。

あのときの落ち着いた声をいまもよく覚えている。

ひとつばたごに来られたのも、蒼子さんのおかげなんだよなあ。蒼子さんの返信の文章が親しみやすかったから、行ってみようという気になったのだ。

そんなことを思い返しているうちに梅園に着いた。十二月だからまだ花はない。裸の木がならぶ庭の小道を歩き、会場の建物に向かった。

部屋に行くと、襖《ふすま》はあいていて、航人さんと桂子さんの姿が見えた。

「こんにちは」

桂子さんがこちらを見た。

「ああ、一葉さん。蒼子さんのこと、びっくりしたでしょう？」

「はい。蒼子さん、大丈夫なんでしょうか」

「短いメッセージだったから、なんとも言えないわね。航人さんもわたしも明日お通夜に行くつもりだから」

桂子さんが答える。

「茂明《しげあき》さんはまだ若いし。突然のことで、わたしたちも驚いているのよ」

茂明さん？　蒼子さんの旦那さんの名前だろうか。桂子さんは蒼子さんの旦那さんを知っているということ？

「あ、一葉さん」

廊下の方から萌さんの声がした。お茶の道具をのせたお盆を持っている。

「すみません、手伝います」

「いま給湯室でお湯沸かしてるとこ。鈴代さんがいるから、手伝ってあげて」

「わかりました」

荷物を置き、給湯室に向かった。給湯室では鈴代さんが火にかけた大きなやかんを見つめていた。

「手伝います」

「ありがと。冬だからかな、お湯が沸くのも時間かかるね」

鈴代さんが笑った。いつもの表情に、少しほっとする。

「水、冷たいからですね」

「そうだね。そっちの棚からポットをふたつ出してくれる？」

うなずいて、となりの棚の下の段からポットを取り出す。

「ごめんね。蒼子さんのこと、びっくりしたでしょ？　文面、すごく考えたんだけど、ああしか書けなくて」

　鈴代さんが言った。そういえば、鈴代さんからのメールやメッセージにはいつも絵文字や記号がついているのに、今回はひとつもなかったな、と思った。

「蒼子さんの旦那さん、茂明さんっていうんですか？」

「うん、そうなの。連句もされてたみたいで、堅香子のころからときどきいらしてたんですって」

「そうだったんですか」

　つまり、航人さんや桂子さんにとっては連句仲間だったということか。

「茂明さんは航人さんと同じ大学の出身で、航人さんと同じように冬星さんの授業を取ったことがあったみたいで。航人さんよりだいぶ年上だから大学では交流なかったようだけど……」

　蒼子さんは出版社で校閲の仕事をしている。茂明さんはもともとは同じ会社の編集者で、途中でほかの出版社に移ったらしい。

　結婚前、蒼子さんが連句のことを話したときに冬星さんの名前が出て、茂明さんも大学時代に冬星さんの授業を取ったことがあることがわかった。それで蒼子さんといっしょにときどき堅香子の連句会に参加するようになったらしい。

「冬星さんが亡くなって、航人さんがひとつばたごをはじめてからも何度か来たことがあるんだって。だから、悟さん、直也さんも茂明さんと巻いたことがあるって言ってた」

いっしょに連句を巻いてたのか。じゃあ、祖母とも知り合いだったんだな。

「ここ数年は忙しくて連句会に来られなくなっちゃったみたい。だから、陽一さんや萌さん、わたしは茂明さんに会ったことがないの。ときどき話には出てきたから、お名前だけは知ってるけど」

「急なことだったんでしょうか」

「たぶん。夏までは蒼子さん、なにも言ってなかったし」

鈴代さんの話を聞いているうちに、やかんがしゅうしゅうと音を立てはじめた。


お湯をポットに入れ、鈴代さんといっしょに運んだ。

部屋には直也さん、悟さんももう来ていて、航人さんたちと茂明さんの話をしていた。直接の知り合いだった悟さん、直也さんも通夜に行くみたいだ。

「皆さんそろいましたし、連句、はじめましょうか」

直也さんが言った。大学の授業の関係で蛍さんは今回もお休みらしい。

「そうですね。せっかく集まったわけですし。気持ちを切り替えましょう」

航人さんがうなずく。

「発句は冬ですよ」

航人さんの言葉に、短冊を一枚、手に取る。冬。裸の梅の木の姿を思い出したり、外の池をながめたりしているが、なかなか句の形にならない。みんな短冊を見つめ、しんとしている。

桂子さんが大きく息を吸って、短冊に句を書きつける。航人さんの前に置いた句を見て、はっとした。

訃報来て光冷たき真昼かな

「冷し」が冬の季語。表六句は本来、死や病気を入れてはいけない。だが発句だけは別で、なにを詠んでもいい、と聞いていた。

「いつもはあまり重い内容の句は発句に取らないのですが、今日はこちらにしましょうか」

航人さんはしずかにそう言って、短冊をみんなにまわした。いつもならホワイトボードに書くところだが、この和室にはそれがない。

「ここは僕が脇を付けますね」

航人さんはそう言って、短冊に句を書いた。

白息そっと包む手のひら
「いいんじゃないですか」

桂子さんがうなずいた。「白息《しらいき》」が冬の季語なんだろう。

「第三はもう冬を離れて雑《ぞう》でもいいですよ。発句は人のいない句と取ります。だからここは人のいる句ですね。発句からは思い切って離れてください。死からも」

航人さんが言った。

連句はうしろに戻らない。前に進まなければいけない、と思う。でもむずかしい。どうしても死の力にとらわれてしまう。

白息という言葉を見るうちに、祖父母の路面電車での出会いのことが頭に浮かんだ。

——おじいちゃんが車内にマフラーを忘れていって。これがなかったら外は辛いだろう、と思って。思わず追いかけて電車を降りちゃったんだよね。

でも、もう冬は終わりなんだっけ。マフラーはたぶん冬の季語だよね。

ここにきてはじめて知ったが、ブランコもしゃぼん玉も昼寝もハンカチも稲妻もホットケーキも鯛焼きも季語なのだ。季語でないものの方がめずらしい。あやしいものはすべて歳時記で調べる。

やっぱり季語だ。じゃあ、マフラーは使えない。それに表だから恋もダメだ。

路面電車は季語じゃなさそうだから、路面電車でいこうかな。高岡で祖母といっしょに路面電車に乗ったときのことを頭に思い描く。天気がよくて、空が澄んでて、祖母も楽しそうに窓の外をながめてた。

第三は最後を「〜して」みたいな形にしなくちゃいけないんだったよね。

五七五と指を折って数えながら、短冊に句を書く。

がたごとと路面電車に揺られゐて

航人さんの前に短冊を置く。みんな考えこんでいるみたいで、一番乗りだった。

「ああ、これはいいですね」

航人さんが言った。

「どれどれ？」

桂子さんが短冊をのぞく。

「いいわねぇ。どこかあたらしい場所に連れていってくれる感じがするわ」

微笑んで言った。

「じゃあ、これにしましょう」

航人さんの言葉に、みんなほっとしたような顔になる。なんだかわからないけど、あれでよかったみたいだ。

「なんだか少し気持ちがほぐれましたね」

悟さんが笑った。

「一葉さん、どこかで路面電車に乗ったんですか」

直也さんが訊いてくる。

「はい、以前富山県の高岡で……」

「ああ、高岡……。あそこはたしかにまだ路面電車、走ってますね」

直也さんがうなずく。

「大学生のころ、祖母といっしょに高岡に行ったことがあるんです。祖母の親戚が高岡に住んでいるので。そのとき路面電車にも乗りました。祖母から東京に路面電車がたくさん走ってたころの話を聞いたりして」

路面電車に乗ったはあのときがはじめてだった。バスみたいに小さくて、道路を走ってる。窓から外をながめながら、なんだかわくわくした。

月も出て、表六句が終わった。おかずを出し、ランチタイムになる。みんな蒼子さんのことが気にかかっているようで、いつものようなにぎやかさはなかった。

食事のあと、鹿の子餅を出した。

「そういえば、茂明さんもこのお菓子、好きだったわよねぇ」

桂子さんがぽつんと口にする。

「そうでしたね。鹿の子餅が出たときは、蒼子さん、いつも茂明さんのためにひとつ包んで持ち帰ってましたっけ」

悟さんがうなずく。

「相当好きだったのよね。堅香子のころに食べて感激したらしくて、茂明さん、仕事で富山に行ったとき、わざわざ高岡まで足をのばした、って言ってたもの」

桂子さんが笑った。

「え、お菓子を買いに、ですか？」

鈴代さんが訊いた。

「それもあるけど、このお菓子がどんな場所で作られてるのか知りたかったみたいよ。町自体も古くてとても素敵だった、ってあとでうれしそうに話してた」

「茂明さんは好奇心旺盛でしたからね。旅行にもよく行ってた。蒼子さんにはそろそろ落ち着いたら、って笑われてましたけど、自分は旅する編集者なんだ、って」

直也さんが言った。

「身軽で自由な人でしたよね。ひとところに留まると心が錆びついてしまうから、と言ってました。連句も、とどまらないところがいいんだ、って」

航人さんは大きく息をついた。

4

裏から名残の表へ。

名残の表には、月の座はあるが花の座はない。名残の表の月の座は十一句目あたり。最後の方である。それまで余裕があるから、恋の句のほか、死や病気、宗教や時事句、派手で俗な句を続けることもできる。

表六句で求められる格式の高い句は、自分ではなかなかうまく作れないけれど、見ればなんとなくそのよさ、すごさがわかる。だから以前は、なぜ俗な句が必要なのか理解できずにいた。

だが、先月睡月さんと巻いたことで、少しわかった。人間味、というのだろうか。人はだれでも汚れや情けない部分を持っている。それを隠して、よそいきの姿だけ見せていたのではおもしろくない。

睡月さんの句には丈高いものも俗なものもあった。どれも生き生きしていて、航人さんも句を見るたびに表情をかがやかせていた。

——年とると、知ってる人たちがどんどんいなくなっちゃうからなあ。せめて句だけはむかしみたいにあざやかに、激しくありたいって思うのかもしれない。

睡月さんの言葉を思い出す。俗なものは俗なもので、うつくしい。航人さんがよく口にする「連句は森羅万象を詠む、きれいなものだけでは連句じゃない」という言葉の意味がようやくわかった気がした。

裏の花から名残の表の二句目まで春が続き、無季が三句。冬の句が二句続いたあとは、無季の恋句が三句続いた。

「もうそろそろ恋を離れてもいいいんじゃなぁい？」

桂子さんが笑って言う。

前の句は鈴代さんの「やわらかき唇の跡なぞりつつ」である。唇ではなく、皮膚に残った唇の跡。恋を離れるにはどうしたら、と考えているうちに、直也さんが短冊を出した。

幼き日々を偲ぶ廃園

「この廃園というのは……遊園地ですか」

航人さんが訊いた。

「そうですね。実は子どものころよく行っていた遊園地が二〇〇〇年ごろに閉園になりまして。向ヶ丘遊園《むこうがおかゆうえん》っていって……」

「あ、登戸《のぼりと》の近くの……?」

陽一さんが身をのり出す。

「ええ。祖父母の家があの近くだったんですね。夏はプールもあるし、祖父母の家に行ったときによく寄ってた。父は自分も子どものころによく来てたんだ、って。まあ、そのころにはディズニーランドもできてたし、自分としてはそういうところに行きたかったんですけどね。それでも行けば楽しかった」

直也さんが笑う。

「それが閉園になって。しばらくしてから見に行ったんですが、客の歓声も聞こえなくて、さびしかったですね。まだ乗り物は残っていて、ところどころ外から見えたり」

「二〇〇〇年ごろはけっこういろんなテーマパークや遊園地が閉園になりましたよね。実は僕もむかし廃墟になった遊園地をめぐったことがあるんですよ」

陽一さんが言った。

「夕張《ゆうばり》のアドベンチャーファミリー、宮城県の化女沼《けじょぬま》レジャーランド、高崎《たかさき》のカッパピア、行川《なめがわ》アイランド、ガリバー王国……。閉園後すぐではなくて、廃墟になってけっこう時間が経ってから行ったものも多いんですけど」

「廃墟遊園地めぐりが流行ったとき、ありましたよね」

鈴代さんが言った。

「そうなんです。流行に乗るのはどうか、と躊躇したりもしたんですけど、僕はぎりぎり子どもも時代にそういう遊園地で遊んだことのある世代で」

「鈴代さんや萌さん、一葉さんたちは、もうディズニーランドばっかりですよね」

悟さんが訊いた。

「えーと、そうでもないですよ。わたしのまわりは絶叫マシーン好きが多くて、ディズニーのは刺激が弱いから、みんなで富士急ハイランドに行ったり……」

鈴代さんが笑った。

「うーん、わたしはそもそもあんまり遊園地に行ってないかなあ」

萌さんが首をかしげる。

「ディズニーランドには子どもを連れて何回か行きましたけど……」

「僕の家も遊園地にしょっちゅう行くような家じゃなかったんですけど、それでも何度かは家族で行ったことがある。記憶はおぼろげですが。だから、遊園地の廃墟は胸に迫るものがあって……」

陽一さんが言った。

「一葉さん以外には前にも話した気がしますが、わたしの父はわたしが高校生のときに亡くなってまして。わたしが中学のときに一度倒れて、そのときは回復したんですが……」

直也さんが言った。

「倒れる前はテレビ局にお勤めだったんですよね。ドラマ部門だったとか」

悟さんが訊くと、直也さんが、ええ、とうなずいた。

「そうなんですか。それははじめて聞きました」

陽一さんが言うと、鈴代さんと萌さんもうなずいた。

「当時人気だった刑事ものなんかを作ってたんですよ。最初に倒れたあと少し後遺症が残って、テレビ局は退職したんです。その後は家で細々とシナリオ関係の仕事をしてた」

「シナリオ？　どんなお仕事ですか？」

「まああ文章が書けたので、シナリオライターみたいなことですね。と言っても、名前が出るようなものじゃなくて、細かい仕事です。後遺症もあるし、そんなに大きな仕事はできない。でも、実は家族に隠れて小説を書いたりしてたんですよ」

「小説？」

桂子さんが首をかしげる。

「ええ。それが出版社の新人文学賞を取って……」

「ええ〜、すごい」

鈴代さんが声をあげた。

「刑事ドラマ担当だったということは、ミステリーっぽいものですか？」

悟さんが訊いた。

「いや、それがこてこての私小説だったんです。当時のわたしからしたら、テレビ局の仕事の方がかっこよく見えてましたから。小説って言われてもぴんと来なかった。しかも私小説でしょう？　堅苦しい感じがして、受賞作が載った雑誌も開かなかった」

直也さんが苦笑いする。

「いま思えば、生々しい父の気持ちを読むのが怖かったのかもしれませんが」

「ちょっとわかります。息子からしたら抵抗ありますよね」

陽一さんがうなずく。

「それまではふさぎがちだった父も、賞を取ったことですごくおだやかになった。大学生のころまでは小説家になりたいと思っていたみたいで、『テレビ局の仕事も楽しかったが、ほんとうにやりたいことはこれだったのかもしれない、いまがいちばん充実している』って言ってましたよ。でも二作目を書いている途中でまた脳卒中に……。それで未完のまま亡くなりました。二作目ができたら本にしましょう、と言われていたのに」

「それは……無念だったでしょう」

悟さんが言った。

「当時のわたしとしては、自分たちがこれからどうなるんだ、っていう不安の方が大きかったんですよね。父の死後、編集者が受賞作と未完作品をまとめて遺作集として刊行してくれたんですが、そのときも本は開かなかった。それから父方の祖父母からの援助もあって、なんとか大学に行くこともできて、就職もして。自分で稼げるようになったときは心底ほっとしました」

直也さんは少し笑った。

「それで無我夢中で働いてたんですよね。でも途中でなぜかつまずいてしまった。会社の仕事と自分の気持ちの折り合いがどうしてもつかなくなってしまったんです。そのときはじめて、父の小説を読んだ。そしたらそこに遊園地の話が出てきたんです。息子と行った遊園地の話で、はっきり名前は書かれてないけど、向ヶ丘遊園だということはすぐにわかった」

直也さんはそこで少し話を止めた。

「そのころには祖父母も亡くなっていましたから、あのあたりに行くことはなかったんですが、その少し前に向ヶ丘遊園閉園のニュースが流れてたのを思い出した。それで翌日、通勤途中に思い立って向ヶ丘遊園に行った。入社してはじめての無断欠勤です。門は閉じていて、なかに人影はない。ほんとうに閉園したんだなあ、と思ったとたん、むかし父とここに来たときのことが頭をめぐった。観覧車もウォータースターも一回転するコースターも、もう全部動かない。父の本のことを思い出して、無念だったんだろうな、と泣けてきて……」

直也さんは上を見て、大きく息をした。

「そういえば、茂明さんも向ヶ丘遊園には思い出があったみたいで。若いころ、近くに住んでいたことがあったらしいんです。閉園したあと、仕事で近くに行く用事があって、ついでに遊園地の近くまで見にいったことがあるって言ってました。何年か前、連句の二次会でそんな話をして。もしかしたらそのときすれちがってたかもしれないね、なんて」

直也さんが少し微笑んだ。

「茂明さん、あのとき言ってたんですよね。わたしの父の『ほんとうにやりたいことはこれだったのかもしれない』という言葉、よくわかる気がする、って。自分もいつかはほんとうに作りたいものを作りたいって。本が売れない時代になって、本の意味も薄れてしまった。売れるものばかり追い求めた自分たちのせいかもしれない。一から考え直して、一冊でもいいから、これを作るために編集者になったと思えるものを作れたら、って」

直也さんは、はっと言葉を止めた。みなにも言わない。

「ところで直也さん、そのとき欠勤した会社はどうなったんですか?」

ややあって、桂子さんが訊いた。

「辞めたんですよ、そのあとすぐに」

直也さんが笑った。

「それで、いまのカルチャースクールの仕事に就きました。知り合いの伝手《つて》でなんとなく就職したんですけど、けっこう合ってたみたいで。久子先生と知り合って、連句会にも参加するようになった」

直也さんが微笑む。

「妻と出会ったのもいまの職場なんですよ。結婚して子どもも産まれて。父が死んだあと、ずっとよりどころのなさみたいなものを感じてきた。どこにいても、どこにもたどりつかないような、どこに行けばいいのかわからないような。でもそれが、自分に子どもができたときになぜかすっと消えた」

「消えた?」

陽一さんが首をひねる。

「消えた、というのとはちがうかな。自分の問題がいったん棚上げされた、っていうか……。それもちがうな、解決しなくてもいいことになった、みたいな」

「少しわかるような気もするわねぇ」

桂子さんが笑った。

「まだ子どもがいない自分にはぴんと来ないんですが、それは、自分が全部解決しなくても子どもが引き継いでくれる、みたいなことなんでしょうか」

陽一さんが訊いた。

「自分と子どもの関係というより、人間というのは生きているかぎりずっとなにかしら抱えているもので、それは時代を越えて変わらない。それでも生きていけるというか」

「自分のことを認められた、ということですか？」

「そうも言えるかもしれないけど、自分が大勢のなかのひとりだって認めることができた、ってことかもしれない。流れの一部というか。あきらめなのかな」

直也さんは笑った。

「僕も子どもがいないので、同じかどうかわからないところがありますけど、年をとってくるとそれに近いことを感じますよね。人類の積みあげてきたものからは逃れられないし、最後はそこに溶けていく。仕事でもそう思うし、短歌でも」

悟さんが言った。みななにか思うところがあるようで、少し沈黙が続いた。

「さあ、そろそろ次の句を考えてくださいよ」

航人さんが笑った。

「月、でしたよね」

桂子さんがうなずく。

「そう、月ですね。秋の月。廃園の上ですから、月もあげやすいでしょう」

航人さんの言葉に、短冊を手に取る。

打越は「やわらかき唇の跡なぞりつつ」。自の句である。だからここは、他の句か、自他半か、人のいない句……。

——一から考え直して、一冊でもいいから、これを作るために編集者になったと思えるものを作れたら、って。

句を考えようとするが、その言葉が耳のなかで響いて、なにも思いつかない。

月。秋の月。目を閉じる。廃園の上の月を思い浮かべる。

茂明さんはその夢をかなえられたのだろうか。

さらさらと文字を書く音がした。見ると桂子さんが短冊を出している。

旅人の本を照らして満ちる月

旅人の本。直也さんの言葉を思い出す。茂明さんは自分のことを旅する編集者だと言ってた、って。旅人の姿は直也さんのお父さんにも重なった。

どちらも一度も会ったことのない人なのに、月明かりのなかでその人の面影がかすかに見えた気がした。

「いいですね。廃園の風景と通じるところがあります。こちらにしましょう」

航人さんが短冊をみんなの前に置く。

やわらかき唇の跡なぞりつつ　　　鈴代
　幼き日々を偲ぶ廃園　　　直也
旅人の本を照らして満ちる月　　　桂子

5

梅園が閉まる時間になり、名残の裏の途中、三句残して外に出た。

だいぶ冷えこんでいる。

前に行った古民家カフェは今日は貸切らしい。ゆるゆると池上の駅まで歩き、駅の近くの居酒屋にはいった。まだ早い時間帯だから、店内はがらがらだ。座敷の席に通され、飲み物とつまみを頼む。

「料理が来る前に最後まで巻きたいですね」

航人さんの言葉に、みんな座卓に短冊を出す。

花の前の春の七七、花、挙句。あと三句である。

陽一さんが詠んだ春の七七が取られたところで、お酒とお通しが出てきた。とりあえず一口飲んで、またみんな短冊に向かう。しばらく沈黙が続いたあと、花の句が三つ、四つと座卓にならんだ。

わたしもひとつ考えて、航人さんの前に置いた。

「いい句が出はじめましたね」

航人さんが微笑む。

「うん、ここはこの句にしましょう」

航人さんが短冊を一枚取り上げる。萌さんの句だった。

ひとつばたごの人たちは、こうして何年もいっしょに連句を巻いてきたんだな。

航人さんや桂子さん、蒼子さんはもっと前から。祖母も果林さんも睡月さんや茂明さんも。みんな言葉の園でともに過ごしてきた。

蒼子さん、どうしているだろう。

「さあ、じゃあ、あと一句。挙句ですよ」

航人さんの声にはっとする。

春の七七……。考えはじめたとき、悟さんがさっと短冊を出すのが見えた。

「ああ、いいですね。ではこれで決まり」

航人さんが言い切った。

山焼きの火が広がってゆく　陽一
花の道おぎゃあおぎゃあと声がして　萌
春雨にさす新しき傘　悟

「あたらしい傘。おしゃれですね」

鈴代さんが微笑んだ。

句を書き写したとき、ちょうど最初のつまみが運ばれてきた。

「連句っていいですよね」

最初に頼んだつまみがだいたい出そろったころ、となりに座っていた陽一さんが突然そう言った。

「え、ええ、そうですね」

なぜ急にそんなことを、と戸惑いながら答えた。向かいの萌さんも鈴代さんもきょとんとしている。

「いえ、いつもそう思っているんですけど。なかなか口にする機会がなくて……」

陽一さんはあわてたように答える。

「でも、来るたびに思うんです。この場所があってよかったなあ、って。すみません、なんだかわけのわからないことを言ってしまって」

陽一さんが恥ずかしそうに両手を振った。

「そんなことない、わかるよぉ、すごく。わたしもそう思う」

鈴代さんの言葉に、萌さんとわたしも大きくうなずいた。

ほんとうに、その通りだ。

この場所があってよかった。わたしもいつもそう思う。

鈴代さんたちと相談して、茂明さんの葬儀については、お香典だけ桂子さんに託すことにした。蒼子さんのことは心配だが、自分にできることはない。葬儀は茂明さんを知っている人だけの方がいいだろう、と思った。

「まだ信じられないですねえ」

直也さんがしずかにつぶやくのが聞こえた。

帰りは池上駅から池上線に乗った。蒲田駅まで出て、京浜東北線に乗る。途中までいっしょだった人もいたが、みんな品川駅でおりていった。

座席について、ぼんやり天井を見あげた。

そういえば桂子さん、茂明さんは鹿の子餅が好きだった、って言ってたなあ。

——堅香子のころに食べて感激したらしくて、茂明さん、仕事で富山に行ったとき、わざわざ高岡まで足をのばした、って言ってたもの。

——このお菓子がどんな場所で作られてるのか知りたかったみたいよ。

——身軽で自由な人でしたよね。ひとところに留まると心が錆びついてしまうから、と言ってました。連句も、とどまらないところがいいんだ、って。

桂子さんと航人さんの言葉が代わるがわる頭のなかで響く。

年が明けたら蒼子さんに鹿の子餅を送ってみようか。

窓の外の街の灯をながめながら、そんなことを考えていた。

なんじゃもんじゃ

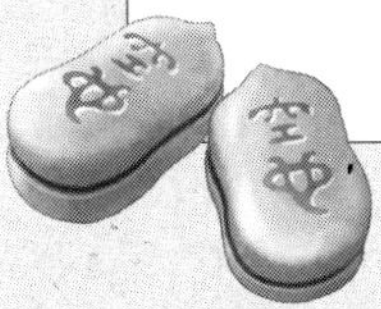

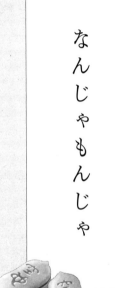

1

年末から「あずきブックス」に真紘さんが来るようになった。

怜さんが言っていた通り、料理はとても上手だった。とくに和食。煮物や和《あ》え物をいくつか作って持ってきてくれたが、どれもプロの味だった。

真紘さんは怜さんと同い年。おっとりした雰囲気で、そんなに口数は多くないが、ころころとよく笑う。怜さんとはすごく気が合うようで、仕事が終わったあともふたりであたらしいランチメニューの相談をしたりしている。

萌さんがお菓子を焼きに来るのは定休日の水曜だから、まだ顔を合わせたことはないのだが、お菓子は順調に焼きあがっている。怜さんのお腹はますます大きくなってきたが、お店のことは心配しなくても大丈夫そうだね、と安心しているみたいだった。

学校が冬休み期間にはいると少しお客さんが増え、お店も忙しくなった。「くらしごと」の浜崎《はまざき》さんから正月明け用の仕事を頼まれていたので、休みの日はポップ作り。ばたばたと毎日がすぎていく。

上野の博物館の休館日に合わせて、あずきブックスの年内の営業も終了。大掃除をしたあと店の前に飾りをつけ、お正月休みにはいった。怜さんが、お家で飲んでね、と言って、いつもお店で使っている茶葉を分けてくれた。

休みの初日はなんだか疲れ切って、午前中はぼんやりしていたが、同じように年末年始休暇にはいった父に言われ、午後から大掃除をはじめた。

母は大病院で医療事務の仕事をしている。外来は休みになるが、入院患者はいる。管理職になっているので、年末年始も完全に休みにはならない。だから大掃除は毎年父の仕事で、今年はわたしも家にいるから手伝うことになったのだ。

大掃除には父が長年かけて構築した手順があり、十二月にはいってから何段階かに分け、不用品の整理やゴミ出しなど、少しずつ作業が進められていた。母が仕事でいない今日はいよいよその最終段階。ふだんできない大物との対決である。

父はキッチンをはじめ家じゅうの換気扇の掃除に取り組み、わたしは水回り。ふたり別々の場所で黙々と手を動かす。手抜きは許されない。

はじめるまでは正直面倒でやりたくなかったが、手を動かすうちに夢中になっていた。汚れが取れればうれしいし、単純作業をしているうちは考えごともできる。

「うん、合格だ」

父はわたしが掃除した箇所を点検してまわり、満足そうに笑った。

ふたりとも疲れ切って、居間のソファに腰をおろす。一息ついたところで、あずきブックスで分けてもらったお茶があったのを思い出した。せっかくだし、あれを淹れてみようか。鞄からお茶を出し、怜さんから教わった通りに淹れてみた。

「なんだ、これ。いつものお茶とちがうな。うまい」

父が少し驚いたように言って、湯呑みのなかを見る。

「あずきブックスで使ってる茶葉なんだ」

「へえ。香りもいいし、これはいいお茶だ。カフェっていうからもっと若者っぽい店かと思っていたけど、けっこう本格的なんだな」

父は意外そうに言って、お茶をまた一口飲んだ。

父の世代からすると日本茶というのは食事のあと無料で出てくるもののようで、あずきブックスのカフェコーナーの話をしたときは、コーヒー、紅茶ならともかく、日本茶にお金を払う人なんているのか、と不思議そうに言っていた。

「ただいまあ」

玄関の方から声がした。

「玄関、すごくきれいになってたわね」

母が居間にはいってくる。明日からのおせち作りに備え、仕事の帰りに買い物もしてきたみたいだ。きれいになったわねえ、ありがとう、使うのがもったいないみたい、と言いながら、買ってきたものを冷蔵庫にしまった。

このところ忙しかったから、三人そろって夕食をとるのは久しぶりだった。

父はさっきのお茶で関心を持ったのか、あずきブックスの仕事のことをあれこれ訊いてくる。怜さんがそろそろ産休にはいること、わたしが萌さんを紹介してお菓子作りを頼んだこと、真紘さんがやってきたことなどをぽつぽつ話した。

「それなりにちゃんとやってるみたいじゃないか」

父の勤め先は大手のゼネコンである。大規模商業施設の仕事に携わってきたので、最初はぴんと来なかったみたいだが、部下の若い社員から、最近は古い建物のリノベーションや、地元に根ざした小さい商店が流行っていると聞いたらしい。新聞や建築関係の雑誌にもそうした事例が取りあげられているのを目にして、少し興味を持ちはじめたみたいだ。

「谷中のうちももともとは内装店だったからなあ。このあたりのお店や家の仕事を請け負ってたんだよ」

父の実家の話である。曽祖父の代から谷中で内装の仕事をはじめ、育児が終わってからは祖母も店を手伝っていた。父が継がなかったのでもうだいぶ前にたたんでしまったが。

「大企業に就職する道を選んだわけだけど、年とってくると、やっぱり人間は商店街くらいのことしかわからないし、人間サイズの仕事をするのが自然なんじゃないか。そんな気もしてくるんだよ」

大掃除も終わり、ビールを飲んでいるせいか父は上機嫌である。

「まあ、これからの時代のことはこれからの若い人たちが考えていくしかないからな。年が明けたら母さんとふたりで一度店を見に行くか」

「一度のぞいてみたいとは思ってたのよね。お菓子もおいしいって話だし」

母がうなずいた。

それから、連句会で耳にした祖母の話も少しした。父にとってもはじめて聞く話が多かったらしく、祖母が外の人たちとそんなふうに親しくつきあっていたとは、と少し驚いているようだった。

「連句も行ってよかったわよねえ。ポップの仕事も、いまのブックカフェの仕事も連句会の人からの紹介なんでしょう?」

母が言った。

「そうなんだよ。連句も最初はルールがむずかしくて、こんなのできるかな、と思ったけど、けっこう楽しいし」

「おばあちゃんも、連句の集まりに行くときはずいぶん楽しそうだったもんねえ。お菓子を準備したり、持ち寄りのおかずを作ったり。みんながお菓子を喜んでくれるのがうれしいんだ、って言って」

最初は祖母の代わりにお菓子を届けにいくだけのつもりだったんだよなあ。さすがお菓子番を名乗っていただけのことはある。祖母の選んだお菓子はどれもおいしくて、みんなに好評だった。この前の鹿の子餅も……。

そうだ、年が明けたら蒼子さんに鹿の子餅を送ろうと思ってたんだっけ。

「ねえ、お母さん、ご不幸があったときにお菓子を送るのって大丈夫かな？」

「ご不幸？　大丈夫だと思うわよ。お香典代わりに供物としてお花やお菓子をお渡しすることも多いみたいだし。どなたか亡くなったの？」

「うん。連句でお世話になっている人の旦那さんが……。お香典はみんなの分といっしょに包んでもらったんだけど、その方、鹿の子餅が大好きだったらしくて」

「日持ちがするものの方がいいとか個包装のものがいいとか言われるけど、その方が好きだったものならいいと思う」

突然のことだったし、蒼子さんになにをどう言ったらいいかわからない。でもお菓子なら……。

白いふんわりした鹿の子餅に心を託そう、と思った。

2

翌日は一日母のおせち作りを手伝った。三十一日は母は仕事で病院に行き、わたしは自分の部屋の片づけ。年が明けてからは近所の根津神社に初詣に行ったくらいで、とくになにもせずに過ごした。

四日から、あずきブックスの仕事もはじまった。年末年始休暇は一週間もなかったのに、怜さんのお腹はずいぶん大きくなったように見えた。

もう八ヶ月だからねえ、しゃがむと簡単には立てない、と怜さんは笑っていた。店に出てきてもいるのは数時間。仕入れや経理の仕事だけ歩いて数分の自宅でおこなうようになった。

日曜日には、父と母があずきブックスを見に来た。

父は書店コーナーにはいると、建築関係の本の棚の前に張りつき、熱心に本を見ている。

母はしばらく店内をまわっていたが、カフェの試し読みの棚の前で立ち止まり、本の背を見はじめた。若いころよく読んでいた作家の最近の小説を発見したらしく、久しぶりに読んでみようかな、と数冊手に取った。

「若いころは本もけっこう読んでたのよね。文学少女、ってほどじゃなかったけど、話題になった本くらいは。でもだんだん仕事とか育児とか、現実的なことの方が楽しくなっちゃって」

「楽しい？」

「楽しいよ。たいへんだけど、楽しくもある。一葉だってそうでしょ？」

たしかにそうだ。仕事、たいへんなこともあるけど、やっぱり楽しい。

「現実が充実してた、ってことかもね。リア充ってやつ？」

母が笑った。

「お母さん、若いころどんな本読んでたの？」

「自分と同世代の女性作家の作品が好きだったかなあ。吉本ばななさんとか長野《ながの》まゆみさんとか……。あとやっぱり、あれだ、少女マンガ！」

「少女マンガ？」

わたしが訊き返すと、母は大きくうなずいた。

「そうそう、子どものころから少女マンガをよく読んでた。萩尾望都《はぎおもと》さん、竹宮恵《たけみやけい》子《こ》さん、大島弓子《おおしまゆみこ》さん、山岸涼子《やまぎしりょうこ》さんとか……。好きだったなあ。マンガは結婚するときに実家に置いてきて、もう処分しちゃったけど……」

母はなつかしむように言う。萩尾望都さん、竹宮惠子さん、大島弓子さん……。二十四年組と呼ばれる人たちだ。一九七〇年代、八〇年代に活躍し、少女マンガに革命をもたらした作家たち。わたしも大学の先輩から勧められて読んだ。

そうか、母は二十四年組の作品をリアルタイムで読んでいた世代なのか。

「当時は夢中で読んだのよねえ。学校にもひとり同じ趣味の子がいて、マンガ交換したり、放課後はその子とよくおしゃべりしてたっけ」

放課後……。母にもそういう時間があったんだ。

母の若いころの話はほとんど聞いたことがない。母方の祖父母の家の居間に一枚だけセーラー服を着た母の写真があって、それくらいしか知らない。色褪せていたが、紺のセーラーに赤いリボン、髪はふたつに結んでいた。

「この本、売り場にもある？」

「あるよ。この棚の本は全部レジの横のおすすめ本の棚にまとめてある」

母といっしょにレジの方に向かった。建築関係の分厚い本を三冊ほど重ねて持った父がレジの前にいた。

「うわ、なにそれ」

父の持っている本を目にして、母が目を丸くする。

「ああ、仕事でお世話になった先生がかかわった建築物の本で……。自分が読んでもわからないだろうし、と思ってたんだけど、実物を見るとやっぱりこれくらいは目を通しておいた方がいいかな、と」

そう言って、レジに本を置いた。

「泰子さん、すみません、わたしの父と母なんです」

父のうしろからレジの泰子さんに声をかけた。

「それはそれは。店主です。生前は治子さんにもだいぶお世話になって……」

泰子さんが頭をさげた。

「いえ、こちらこそ。いつも一葉がお世話になっております。お店のことは母からときどき聞いてました。恥ずかしながらわたしはあまり本を読まないので……。でも、いいお店ですね。建築関係の本も充実してる」

「治子さんから建築関係のお仕事ってうかがってました。藝大が近いですからね。建築や芸術、音楽関係はむかしからそろえるようにしているんですよ」

「ああ、なるほど、そういうことなんですね」

父がうなずく。母もレジ横の棚から本を選び出し、父のうしろについた。

会計を済ませ、カフェコーナーに移動する。泰子さんに言われ、わたしも休憩にはいった。メニューを見ながら、父とわたしは煎茶と焼き菓子、母は抹茶とあずきパフェを選んだ。真紘さんにあいさつして、壁際の席にならんで座る。

店内がしずかなので、父も母もそれほどしゃべらなかったが、お客さんけっこういるね、と安心したような顔になり、お茶もお菓子もパフェもおいしい、と言って、満足気な顔で帰っていった。

その日の午後には鈴代さん、陽一さん、蛍さんがやってきた。近所にある「上野桜木あたり」という施設にも寄ってきたらしい。昭和十三年築の日本家屋を中心にした複合施設で、ビアホール、パン屋さん、塩とオリーブオイルのお店などが集まっている。

レンタルスペースの座敷もあるらしく、鈴代さんが、いつかあそこで連句ができたらいいね、と言っていた。

松の内があけてすぐ蒼子さんに鹿の子餅を送ると、数日してお礼の手紙がきた。

鹿の子餅、どうもありがとう。
夫が好きだったお菓子なので、お供えしました。
覚悟していたことではありましたが、長年いっしょに過ごした相手がいなくなったことにまだ心も身体もついていけない状態です。
連句も長く休んでしまい、皆さんにも心配をかけ、申し訳なく思っています。

鈴代さんから前回、前々回の連句も送ってもらい、かつて夫とともに巻いたときのことを思い出しつつ、拝読しました。

今月の連句には行こうと思っています。行っても句をうまく作れないかもしれませんが、皆さんと会うことで、少しでも現実とつながりたい、と思っています。ではそのときにまた。


祖母が亡くなったときの気持ちを思い出す。昨日と今日で世界ががらっと変わってしまったような、もうどうあっても祖母と会うことはできないのだ、という喪失感。しかも、祖母とは年齢もちがう。まだ若いし、夫婦だったのだ。

——今月の連句に行こうと思っています。

その言葉に少しほっとし、白い便箋を折りたたんだ。


連句会の前の週になり、そろそろお菓子の予約をしなくちゃ、と思い出した。

今月のお菓子は「空也《くうや》」の「空也もなか」である。空也は銀座の有名和菓子店。明治十七年創業の超老舗で、夏目漱石《なつめそうせき》の『吾輩は猫である』に登場する「空也餅」は、空也が池之端《いけのはた》にあったころの名物菓子なのだそうだ。

いまは銀座の並木通り沿いにある。もなかは一日八〇〇〇個ほど作られるが、予約でほぼすべて完売してしまうらしい。

——だから予約して、銀座のお店まで行って受け取るしかないの。数日先の分まで
でいっぱいだから、確実に手に入れたいなら一週間前には予約しないと。

いつだったか祖母がそう言っていた。

あずきブックスの定休日の水曜に電話をかけた。なかなかつながらない、と聞いていたが、午前中に何度かかけて、無事予約することができた。

3

連句会の日、父にも鈴代さんたちにも評判がよかったし、あずきブックスで使っている茶葉を持っていってみることにした。午前中に出ていったん銀座に行き、空也でもなかを受け取る。

お店に行くのははじめてで、どんなところなのだろう、と思いつつ、並木通りを歩いた。ふつうのビルの一階にあり、石造りにのれんと格調高いが入口は小さくて、知らなかったら通り過ぎてしまうだろう。

お店のなかも広くはない。同じ銀座でも、この前行った清月堂とはだいぶちがう。カウンターがひとつあって、予約した客に受け渡しするだけ。わたしも名前を言う

と、店員さんが手際よくもなかの包みを出してくれた。

今日の連句会は大森の文化の森。有楽町から京浜東北線に乗れば一本で行ける。少し時間があったので、東急プラザのなかをのぞいて、うどんのお店でランチをとってから、駅に向かった。京浜東北線に乗り、大森へ。

蒼子さん、いらっしゃるかな。

手紙には「今月の連句には行こうと思っています」と書かれてあったけど。

――治子さんのお菓子、いつもおいしかったですよねえ。

――治子さんの句自体が、和菓子みたいな雰囲気がありましたよね。

蒼子さんの声が頭のなかによみがえった。

最初に連句会に行ったときのことだ。祖母のメモを見て桜餅を持って「ひとつばたご」に行った。知っている人はだれもいなくて心細かったけれど、なぜか句を作ることになった。

なつかしき春の香の菓子並びをり

あのときの連句は、蒼子さんのこの発句ではじまった。

祖母が最後に参加した連句会で作った挙句「春の香りの菓子を携え」を受けたも

のだと言っていた。最後の会の挙句。つまり、祖母が最後に作った句。

そして、なにもわからないままわたしが作った「のどかに集う言の葉の園」を、航人さんが選んで、蒼子さんの発句に付けてくれた。そこからはじまったんだ。祖母からわたしになにかがつながって、わたしはひとつばたごに通うようになった。

蒼子さんのおかげだ。蒼子さんがつなげてくれたのだ。あの句がなかったら、こんなふうにはならなかったかもしれない。

そう思いながら、電車に揺られていた。

大森からバスに乗り、大田文化の森に着く。建物の前の広場を歩いていると、前に蛍さんの姿が見えた。

「蛍さん、久しぶり」

走り寄って声をかける。

「ほんとですね、萌さんのイベント以来……ですか？　連句、二回もお休みしてしまいました。大学のゼミ関係とかでいろいろありまして」

蛍さんが言った。前に会ったときより少し髪がのびている。

「蒼子さん、ご不幸があったんですよね」

蛍さんが心配そうな顔で聞いてきた。

「うん。旦那さん、蛍さんは会ったことないんだよね」

前回鈴代さんから、茂明さんは以前はときどき連句に顔を出していたから、桂子さん、悟さん、直也さんとは顔馴染み、でもここ数年来ていないから鈴代さんや陽一さんたちは会ったことがない、と聞いていた。

「はい。わたしは会ったことないんです。蒼子さんから、前は旦那さんも連句に来ていた、ってお話を聞いたことはあったんですが……」

「蒼子さんも前回、前々回とお休みだったのよね」

「萌さんのイベントのときいらっしゃらなかったのもそのせいだったんですね」

蛍さんがうなずく。

「でも、少し前にお手紙が来て、次の連句会は行くつもり、って書いてあった」

「ほんとですか」

蛍さんの表情があかるくなったが、すぐに、でも、と言ってまた曇ってしまった。

「蒼子さんに会ったとき、なんて言えばいいんでしょうか。友だちの親戚が亡くなったりしたときも、いつもなにを言えばいいのかわからなくて、結局なにも言えずに終わっちゃうんです」

蛍さんはうつむいた。こういうときなにを言えばいいのか。正直わたしもわからなかった。祖母の葬儀は家族葬だったし、祖父の葬儀は遠すぎて覚えていない。

「どうしたの?」

声がしてふりむくと、鈴代さんが立っていた。うしろに陽一さんもいる。

「あ、鈴代さん、こんにちは。いま、一葉さんから、今日は蒼子さんもいらっしゃるっていう話を聞いて……」

蛍さんが答えた。

「蒼子さん、いらっしゃるんですか?」

陽一さんがわたしを見た。

「お手紙にはそう書いてありました。年明けにお菓子をお送りしたんです。鹿の子餅。そうしたらお礼状をいただいて……」

「でも、会ったときどう言えばいいんでしょう。わたし、祖父がひとり亡くなっているだけで、あまり人の死に出会ったことがないんです。友人から親戚が亡くなった話を聞いても、いつもなにも言えなくて」

蛍さんが言う。

「そっかぁ。まだ若いもんね」

鈴代さんが、うんうん、とうなずく。

「まずは、お悔やみ申しあげます、かな」

「わかりました。でも、旦那さんが亡くなるなんて、想像もつかなくて。そのあと、なにを話したらいいのか……」

「うーん、それ以上話そうと思わなくてもいいんじゃないかな」

鈴代さんは即座に言った。

「人には役割ってものがあると思うんだよね。いまの蒼子さんの気持ちは、桂子さんみたいに長く生きた人しか受け止められないと思うし」

「そう……ですね」

蛍さんがうつむいた。

「それに、悟さんも直也さんも航人さんも茂明さんの知り合いでしょう？　わたしたち若輩者はただいるだけでいいと思う、いつも通りに」

鈴代さんはそう言ってにこにこ笑った。

「人を喪った痛みって、すぐにどうにかなるものじゃないと思うんだよね。ざぶんざぶんと打ち寄せてくる波に耐えて立ち続けてるしかない、みたいな？　わたしたちも波に耐えて横でじっと立ってるしかない」

鈴代さんって、いつもきらきらした雰囲気だけど、やっぱり大人というか……。人生について、わたしたちよりずっとよくわかっている、という気がする。

「わかりました」

蛍さんが顔をあげてうなずいた。遠くで子どもたちが走り、広場のひなたにいた雀《すずめ》が驚いていっせいに飛び立った。

「じゃあ、行こ。お茶の準備とかしないとね」

鈴代さんが歩き出す。わたしたちもあとを追った。


会議室のドアを開けると、もう蒼子さんが来ていた。黒のセーターにグレーのスカート姿で、航人さん、桂子さん、直也さんと話している。

「ああ、鈴代さん、一葉さん」

蒼子さんがこっちを見て立ちあがる。

「鈴代さん、連絡係をしてもらって、助かりました。いろいろありがとう。一葉さんも、鹿の子餅を送っていただいて……。ありがとうございました」

いつもと変わらない様子でそう言った。

「陽一さん、蛍さんもいろいろ心配かけてしまって、ごめんなさいね」

「そんなそんな……。なにもできず……すみません」

蛍さんが深々と頭をさげる。

「大丈夫ですよ。心配しないでください。仕事にももう出てますし」

蒼子さんが笑った。

「まずはお茶の支度してきますね」

鈴代さんが言った。

「ありがとう。萌さんがいると思うわ」

桂子さんに言われ、給湯室に向かった。

「鈴代さん、わたし、今日あずきブックスの茶葉を持ってきたんです」

廊下を歩きながら鈴代さんに話しかける。

「えっ、ほんと？　おいしかったもんね。ありがとう」

鈴代さんが微笑む。

給湯室では萌さんがお湯を沸かしているところだった。

「萌さん、手伝いにきました」

蛍さんが言った。

「あ、ありがとう。そろそろ沸くころだと思います」

見るとやかんの口から少し白い湯気が出ていた。

「ポット出しますね」

蛍さんが言って、棚からポットを取り出す。わたしは上の段から湯呑みや急須を取り出し、お盆に置いた。

「じゃあ、僕は先にこれを持っていきます」

陽一さんがそう言うと、お盆を持って給湯室を出た。

「今日は一葉さんがあずきブックスのお茶、持ってきてくれたんだって」

鈴代さんが言った。

「ほんと？　この前行ったときに淹れてもらったお茶がおいしくて、わたしもほしいと思ってたんだよね。あずきブックスで買えるのかな？」

萌さんが訊いてくる。

「販売はしてないんです。でも、おいしいし、販売したら売れるかもですね」

今度怜さんに相談してみよう、と思った。

「お湯、沸いたみたいです」

蛍さんが火を止め、ポットにお湯をとぽとぽ入れた。

4

部屋に戻ると悟さんももう来ていた。蒼子さんもみんなといっしょに笑顔で話している。大丈夫ということじゃないんだろうけど、少しほっとした。

「そしたらはじめましょうか」

航人さんが言った。机の上にはもう短冊も用意されている。

「では、まず発句ですね。今日はまだ冬ですから、冬の句からはじめましょう」

冬の句。ここに来るまでに見たものに思いをめぐらせながら、短冊を手に取った。さっき外の広場で蛍さんたちと話していたときに見た雀のことを思い出す。歳時記をめくると、雀自体は季語ではないが、雀の子なら春、寒雀《かんすずめ》なら冬らしい。

いっせいに空へ飛び立つ寒雀

子どもたちの動きに驚いて、いっせいにぱっと飛び立った様子を句にして出す。

「おもしろいですね。鳩でも雀でも、鳥というのはいっせいに飛び立ちますよねえ。どういう仕組なんだろうなあ」

航人さんが笑った。

「じゃあ、今日はこれにしましょうか」

「一葉さん、発句を取られたの、はじめてじゃないですか？」

「そうですね。発句は俳句っぽくしなくちゃいけないから、むずかしくて」

悟さんが言った。

「おめでとうございます」

悟さんが微笑む。

「ありがとうございます」

ぺこっと頭をさげた。

「僕もはじめて発句を取られたときはうれしかったですねえ。一人前になった、って気がしました」

陽一さんが笑った。一人前……。まだ一人前と言える気はしないが、たしかに一段階段をのぼった、みたいな気持ちにはなった。

ホワイトボードに句を書かなきゃ、と思ったが、蒼子さんが一足早く短冊を持って立ちあがっていた。

「すみません」

あわてて頭をさげる。

「蒼子さんがいないあいだ、一葉さんがホワイトボードに書いててくれたのよぉ」

桂子さんが言った。

「一葉さん、字、きれいですもんね。でも、今日はわたしに書かせてね」

蒼子さんが微笑む。

「なんか久しぶりだし、句ができる気が全然しないの。こうやってホワイトボードに書くくらいしないと」

短冊を持ってホワイトボードの前に立つ。見慣れた蒼子さんの文字がならんだ。みんながそのうしろ姿を見ているうちに早くも句を書きあげたらしい。蛍さんがすっと航人さんの前に短冊を置いた。

日向ぼこするもふもふの猫

「わあ、かわいい」

鈴代さんが声をあげた。

「もふもふの猫。いいですねえ」

悟さんが満面の笑みになる。

「悟さん、猫好きですよね。ツイッター、猫とケーキの画像だらけの気が」

鈴代さんがくすくす笑う。

「雀がいっせいに飛び立って、その横で猫が日向ぼっこしている。いい取り合わせですね。これにしましょう」

航人さんが言った。

「今日は若者ふたりの句でスタートか。フレッシュな感じでいいですね。うーん、わたしたちもがんばらないと」

直也さんが笑った。

続く第三は悟さん、四句目は直也さん、月は桂子さん、六句目は鈴代さんと続いた。蒼子さんは句ができないみたいだ。毎回短冊になにか書きつけているが、完成にはいたらないらしい。一度も出さないまま表六句が終わってしまった。

裏にはいり、空也のもなかを机に置く。ひとりふたつずつ取り、懐紙に置いた。

「いい匂い」

萌さんがうれしそうな顔になる。空也のもなかは香ばしい皮が特徴だ。軽く焦がすことで風味をつけるため、焦がし種と呼ばれている。

「このほのかな香りがたまらないわぁ」

桂子さんも目を細める。

「今日はお茶も一葉さんが持ってきてくれた茶葉で淹れました。一葉さんが勤めはじめたあずきブックスで使っている茶葉なんだそうです」

鈴代さんが言った。

「あずきブックス？」

蒼子さんが首をかしげる。

「十月の会に久子さんがいらして、最近できたブックカフェの話をされたんです。それが一葉さんの家の近くで……」

鈴代さんがそこまで言ってわたしを見た。

「そうなんです。いろいろ話を訊いていたら、そのブックカフェがむかし祖母とよく行っていた書店を改築したものだとわかって」

「治子さんと?」

蒼子さんが訊いてきた。

「はい。よくそこで本を買ってもらってたんです」

わたしは明林堂があずきブックスに変わり、働くようになったいきさつを説明した。

「わたしがいなかったあいだに、ずいぶんいろいろなことがあったのね。そういえば、萌さんのイベントも行けなくて。ごめんなさい」

蒼子さんが萌さんに言う。

「いいえ、とんでもないです。こちらこそなにも知らず、すみません」

「それは、わたしが言ってなかったから……。皆さんにも心配かけてしまいましたよね。葬儀のときも……。お越しくださった方も、ほかの方からもお香典までいただいて。ありがとうございました」

蒼子さんが頭をさげる。

航人さんも桂子さんも直也さんも悟さんも、しずかに頭をさげた。

「この数ヶ月、なんだかすごく長かったような……。時間が止まっていたような、何年も経ったような……」

　そこまで言って、うつむく。

「でも、ここではちゃんと時間が流れてたんですね。一葉さんもお勤め先が決まったの、よかったですね」

　蒼子さんが顔をあげ、少し笑った。

「あずきブックス、素敵なお店なんですよ。カフェのコーナーには試し読みの本棚もあって、日本茶と和のスイーツがいただけるんです。あずきパフェとか、萌さんの焼き菓子も」

　鈴代さんがいつものきらきらした口調で言った。

「そう、いいわね。このお茶がお店で出してるものなのね」

　蒼子さんはそう言って、湯呑みに口をつけた。

「おいしい……。香りもいいし」

　すうっともう一口飲む。それからもなかを手に取り、口元に運ぶ。

「いい匂い。なつかしいわあ」

　そう言ってしばらく香りを楽しんだあと、半分くらいまでぱくんと食べた。口を動かすうちに、またじわっと目がうるんでくる。

「やっぱり、おいしいわね。空也のもなか、ほんとにやさしい味がする」

　そう言うと、もなかを置いて、ぽろぽろ涙を流した。

「おいしいですよね、ほんとにやさしくて、あったかくて……」

　鈴代さんもあかるく言って、ぽろっと涙を流した。桂子さんも目尻をハンカチでおさえている。蛍さんもじっとうつむき、ハンカチを目のあたりにあてた。

「ごめんなさい、表に出さないつもりで来たのに」

　蒼子さんがあわてたように言った。

「娘にも言われたの。ほかの人たちも気をつかうし、もう少し休んだ方がいいんじゃないの、って。大丈夫、って答えたんだけど……」

　蒼子さんが涙をおさえながら笑った。

「いいじゃないですか。僕たちも茂明さんのことは知っていた。茂明さんと連句も巻いた。いっしょに暮らした蒼子さんとはちがいますけど」

　航人さんが言った。

「たいへんだったのよね、いままで」

　桂子さんがしずかな声で言うと、蒼子さんはうつむいた。

「葬儀のときにもお話ししましたけど、癌がわかったのは二年半前のことで。そのときは手術が成功して、治療しながら仕事も続けていたんです」

　蒼子さんが言った。

「体調は落ち着いていたんですが、そのことをきっかけに仕事に対する考え方が少し変わったみたいで。自分のほんとうにやりたいことをしたいなあ、って言うようになりました。ほんとに作りたい本を作るために生きたい、って」

ほんとに作りたい本を作るために生きたい。

前回の直也さんの遊園地の話を思い出した。

「直也さんからお父さんの話を聞いたって言ってました。癌が見つかったのはその直後のことだったんです。手術が終わってから、直也さんの話の意味がわかった、人間は無限に生きられるわけじゃない、いま生きたいように生きなければ、と」

蒼子さんが息をつく。

「二年くらい体調の変化もなくて、もう大丈夫かも、と思っていたのに、秋の検査で転移が見つかって。でも、病気のことはひとつばたごの人には絶対言わないでくれ、って。会いたい人もいるかも、と思ったんですが。それで皆さんにお知らせするのが亡くなってからになってしまいました。すみません」

蒼子さんがまた頭をさげる。

「いちばん疲れて、いちばん辛いのは蒼子さんですから。できるかぎりのことをしたんでしょう？　謝ることなんて、ないですよ」

桂子さんが言うと、蒼子さんは、はい、とうなずいて、ハンカチで目をおさえた。

5

裏にはいっても、蒼子さんは句を作れないままだった。短冊になにか書きはじめても、書いては消し、書いては消しばかりをくりかえし、出来上がらない。

航人さんも無理に出せとは言わなかった。いつもはたいていひととおり名前が出そろってから、二回目の人の句を取る。でも今回は、蒼子さんの句を待たず、一度付いている人の句を取りはじめた。

「そろそろ月ですね。発句が冬でしたし、ここは夏の月がいいですね。次の次の長句が月の座ですが、次の短句で月をあげてもいいですよ」

航人さんが言った。みな短冊を見ながら考えはじめる。

「月じゃない場合は、まだ雑《ぞう》でもいいですか？」

蛍さんが聞いた。

「雑でかまいません。そろそろ恋を離れた方がいいですけど、もう一句恋でもいい。月じゃない夏にしてもいいですよ。それで、次の長句を夏の月にする」

雑か、恋か、ただの夏、または夏の月。うーん、と思いをめぐらせる。前の句は蛍さんの「ぬばたまの髪の香りが漂って」という恋句だった。桂子さんが、枕詞を使って古風な雰囲気が出てるのがおもしろいわね、と言っていた。

髪の香りというのは、夏の雰囲気もあるし、月にもつなげやすそうだ。

月……。夏の月……。

考えているうちに、悟さん、桂子さん、陽一さんと次々に句が出る。

「なるほど。それぞれおもしろいですけど、悟さんの『猫集まりて夏月の宴』は表にもう猫が出てますから……」

「あ、ほんとだ。しまった」

悟さんが言った。

「悟さん、猫ちゃんのこと、考えすぎじゃないですか」

鈴代さんが笑う。

「桂子さんの『太鼓激しく叩く雷神』。雷が夏の季語ですね。これも悪くないです。次に月が来るから、気象と天象がならぶことになるけど、となりなら問題ない。でも、今回はこれがいいかな」

航人さんはそう言って、陽一さんの句を読みあげた。

夏月映し湖面穏やか

「あ、いいですね。髪の香りから自然につながってる気がします」

悟さんが言った。

「そうねぇ。響き合ってる感じがして、いいんじゃない？　わたしの雷神だと、髪の香りとも次の月とも喧嘩しちゃうもんね」

桂子さんが笑った。

「じゃあ、ここはこれでいきましょう。月も出ましたし、次はもう一句夏でもいいし、夏は一句で捨ててもいい」

航人さんがそう言うと、蒼子さんがさらさらと短冊に句を書き、前に置いた。

我ひとりなんじゃもんじゃを見に行かん

句を見たとたん、航人さんの表情が少し変わった。

そう言って、蒼子さんの顔を見る。

「これは……」

「はい、これはわたしの句じゃないんです。夫の……。茂明のものです」

蒼子さんが答える。一瞬、蒼子さん、ついに句ができたんだ、と思ったが、そういうことではなかったらしい。

「なんじゃもんじゃってなんですか？」

蛍さんが首をかしげた。わたしも気になっていたところだった。

「ああ、蛍さんと一葉さんは知らなかったんだっけ。なんじゃもんじゃっていうのは、ひとつばたごの異名なの。初夏の季語」

桂子さんがわたしたちを見る。

「正確に言うと、なんじゃもんじゃは特定の木の名前ではないんですけどね」

直也さんが言った。

「むかしはそのあたりであまり見かけない、名前のわからない木のことを『なんじゃもんじゃ』って表現することがあったらしいんです。ひとつばたごもちょっとめずらしい木で、地元では『なんじゃもんじゃ』とも呼ばれているらしくて」

直也さんの説明によると、これまで何度も話に出てきたこの連句会の前身である「堅香子」の宗匠《そうしょう》、冬星さんの生まれ故郷は岐阜県の中津川《なかつがわ》のあたりで、ひとつばたごの自生地なのだという。

ひとつばたごは、日本では木曽川《きそがわ》周辺、対馬《つしま》、愛知県などかぎられた地域にしか生えていない。隔離分布というらしく、植生としてめずらしいものなのだそうだ。

「季節になると真っ白な花が咲いて、すごくきれいらしいの。こんもり白い花がついて、雪が積もったみたいで……」

蒼子さんが言った。

「見たんですか?」

悟さんが訊く。

「いいえ。実物はまだ。たまたまテレビに映っているのを見ただけ」

蒼子さんが答えた。

「手術のあと、夫と病室でよくテレビを見ていたんです。そのときひとつばたごが映った。それで、ああ、これがひとつばたごなんだ、って。白い花とは聞いていたけど、あんなに真っ白いんだ、って驚いて見入ってしまったのよね」

「わたしもなにかの映像で見たことがあります。なんていうか、まさにこんもり雪が積もったみたいで、桜の花とはまたちがった雰囲気がありますよね」

直也さんが蒼子さんを見る。

「へえ。それはちょっと見てみたいなあ」

陽一さんが言った。

「航人さんは見たことがあるんですよね」

蒼子さんが訊いた。

「あります」

航人さんがうなずく。

「航人さんはむかし、冬星さんと中津川に行ったんですもんね」

桂子さんが言った。

「堅香子のメンバーでなんじゃもんじゃを見に行く、って。花の咲く時期に、冬星さんと航人さん、健さん、睡月さん、あと堅香子のほかのメンバー二、三人で中津川に行ったのよ。ほかもまわって二泊三日だったかしら」

桂子さんが言った。

「いえ、多治見《たじみ》、木曽《きそ》と中津川で三泊四日でした。毎日午前中から観光して次の場所に早めに移動、あとは宿で連句三昧」

「それは酔狂だなあ。さすがです」

悟さんが笑った。

「睡月さんも健さんも、あのときは楽しかった、ってよく言ってた。うらやましかったわぁ。治子さんやわたしは家庭があるから、とても三泊四日なんて無理で」

桂子さんが言った。

「わかります」

萌さんが大きくうなずく。

「ひとつばたごが咲くのは中津川の近くの蛭川村《ひるかわむら》というところで、ああ、いまは中津川市蛭川になったんだっけ。むかしはなにかの鉱山もあって、鉱石で有名なところです。あのときはちょうどひとつばたごが満開で……。きれいでしたねえ」

航人さんが言った。

「帰ってきてから航人さん、『咲き誇るひとつばたごが夢のごと』っていう句を作ってましたよね。あたらしい連句会の名前をひとつばたごにする、って聞いて、よほど印象が強かったんだなあ、って。冬星さんの故郷の花でもあるしね」

桂子さんが言う。

「都内にもいくつかひとつばたごの木があるらしくて、冬星さん、毎年花の時期になるとそれをひとつひとつまわってらした。全部の木にあいさつするんだっておっしゃって……」

「東京でも見られるんですか？」

陽一さんが訊いた。

「ええ、小石川《こいしかわ》植物園、明治神宮外苑《めいじじんぐうがいえん》、御徒町公園、荒川《あらかわ》自然公園、あとたしか、世田谷区にも何箇所か」

蒼子さんが答える。

「くわしいですね」

直也さんが言った。

「テレビでひとつばたごを見たあと、夫がネットでいろいろ調べたんです。さっき話に出てきた隔離分布のことなんかも調べて、話してました。東京の木でいいから、いつか花が咲く時期に見に行きたいね、と言ってたんです」

蒼子さんが少し微笑む。

「転移がわかって入院してから、『短冊を持ってきてくれ』って言われて。もうまとまったものは書く集中力はないけど、句なら作れる気がする。うまくできたらひとつばたごに持っていって、代わりに付けてくれ、と笑ってました」

「もしかして、それがさっきの……」

鈴代さんが訊いた。

「そうなんです。あれが最後の句でした」

蒼子さんが答えた。

「ここはこの句をいただきましょう。茂明さんのお名前で」

航人さんがそう言って、短冊を蒼子さんに渡した。

蒼子さんは短冊を片手に持ち、ホワイトボードの前に立つ。うしろ向きだったけれど、最後に名前を書くところで、手がふるえているのがわかった。書き終わるとすぐにペンを置き、すみません、と言って部屋を出ていった。

ぬばたまの髪の香りが漂って　　　蛍

夏月映し湖面穏やか　陽一
我ひとりなんじゃもんじゃを見に行かん　茂明

6

蒼子さんはしばらく帰ってこなかった。そのあいだ、句はわたしが代わりにホワイトボードに書いた。名残の表にはいったとき、蒼子さんが戻ってきた。

「すみませんでした」

そう言って、しずかに自分の席に着く。

「もう名残の表ですか」

「そうです。いま恋がはじまったところで」

鈴代さんがいつもと変わらない声でそう答えた。

恋から冬の句をはさんで時事句、神さま、異界、と派手な句が続き、秋にはいった。萌さんのしっとりした月の句に、悟さんのケーキの句で名残の表が終了。名残の裏のはじめには、直也さんの「虫鳴いて同窓会の帰り道」。

ここまで来ても、蒼子さんは句ができずにいた。

「今日はもうほんとにダメかもね」

鉛筆を置き、苦笑いする。

「そういうときもありますよ」

航人さんが言った。

「全然勘が戻らない。言葉が全部ばらばらになっちゃう。ごめんなさい、なんだか皆さんに心配かけるためだけに来たみたい。娘が言ってたみたいに、まだ早かったのかもしれないなあ」

「そんなことないですよ。蒼子さんに会えて、わたしはうれしかったです」

鈴代さんが言った。

「いっしょにいられるだけでうれしいです。それに、さっき茂明さんの句を付けたじゃないですか」

鈴代さんが微笑んだ。

「そうか、そうよね。今日はそのために来たんだと思えば」

蒼子さんも笑った。

「あと、空也もなかも食べられたしね」

そう言って、わたしの方を見る。

「あ、いまの。七七になってますよ。空也もなかも、食べられたしね」

萌さんが指を折って数える。

「それに、前の句にも付いてるみたいじゃない?」

桂子さんが微笑む。みんなでホワイトボードを見る。

「ほんとだ。付いてる!」

蛍さんが元気な声で言った。

「じゃあ、それにしましょうか」

航人さんが笑った。

「集ったみんなで作る。これが連句ですよ」

航人さんの言葉にみな深くうなずいた。


それからもう一句雑の句をはさみ、春の句へ。

虫鳴いて同窓会の帰り道　　直也
　空也もなかも食べられたしね　　蒼子
文豪の万年筆の金のニブ　　悟
　あわゆき溶けて娘二十歳に　　鈴代

「さあ、次は花ですね」

航人さんが言った。

「花といえば、むかし治子さんが『亡き人がとなりに座る花の席』っていう句を作りましたよね。今回、葬儀のあと、ノートをながめながら、あの句を何度も読み返しました」

蒼子さんが言った。

祖母が祖父の一周忌のあと作った句だ。祖父が亡くなったあとも、わたしは大丈夫よ、と祖母はいつもおだやかだった。おじいちゃんが亡くなっても、あんまりさびしくない。まだすぐ近くにいるような気がするの、と。

「かすかな希望に思えるんです。いつかこう思えるときが来るのかなあ、って」

蒼子さんが少し微笑む。

祖母がいなくなっても、祖母の句が人の心に残っている。わたしにはなにもできないけど、祖母の句が蒼子さんの希望になっている。

「そういえば、治子さんの命日ももうすぐですよね」

蒼子さんが言った。

「はい。来月です」

「亡くなって二年ですから、三回忌よねぇ」

桂子さんに言われ、うなずいた。

「そしたら、今度みんなで治子さんのお墓参りに行きませんか？」

蒼子さんが言った。

「治子さんのお墓はどこなんですか？」

「谷中です。祖父の家の代々のお墓にはいっていて」

「谷中ってことは、一葉さんが勤めているあずきブックスにも近いですよね」

鈴代さんが言った。

「じゃあ、お墓参りのあと、そのお店にも寄りましょう。治子さんゆかりのお店だっていう話ですし、萌さんが焼いたお菓子にも興味があるし」

蒼子さんが言った。

「いいわねえ。わたしも行きたいわ」

桂子さんが言った。

「それだったら、次の連句会をお墓参りとセットにしましょうか」

航人さんが言った。

「お墓参りに行って、どこかでお昼を食べて、連句を巻く」

「でも、どこで巻くんですか？　それに次回は池上の会場を取ってあるんでしょう？」

桂子さんが言った。

「谷中のあたりに連句に使える場所、ないでしょうか。次回の会場、僕がおさえましたけど、支払いがまだなのでキャンセルできますし」

航人さんが言った。

「あ、あの古民家の座敷はどうかな？」

鈴代さんが蛍さんを見る。

「あ、いいですね。この人数ならなんとかおさまりそうですし」

「古民家？」

蒼子さんが訊いた。

「ええ、あずきブックスのすぐ近くに、古民家を改築した施設があるんです。そこに『みんなのざしき』っていう貸し間があって……」

「へえ。古民家。いいじゃない」

桂子さんが目を輝かせた。

「施設の予約はサイトからできたと思います。一度問い合わせてみますね」

鈴代さんが言った。

「そっちが取れたら、池上の施設はキャンセルします。でも、お墓参り、お店見学、って盛りだくさんで、連句の時間が短くなるなあ。半歌仙《はんかせん》にしようかな」

航人さんが腕組みした。

「半歌仙？」

わたしは訊いた。

「一葉さんははじめてかな。『半歌仙』っていう形式があるんですよ。歌仙の半分の十八句。ちょっとあわただしい感じはするけど」

「そうねぇ。歌仙だと終わらないかもしれないかもしれないし、最後ばたばたするより、最初から半歌仙にしておいた方がいいかもしれないわね」

桂子さんも言った。

次の会は春なんだ。祖母が亡くなったときのことを思い出し、ふとそう思った。わたしがはじめてここに来たのはその一年後の三月だった。次回の二月の会を終えればもう一年ということになる。

みんなが短冊に向かい、花の句を書いている。白い短冊がいくつも航人さんの前にならぶ。白い花のように。ホワイトボードに書かれた茂明さんの句をながめながら、ひとつばたごを見にきてくれたのかもしれない、と思った。

孤独な月

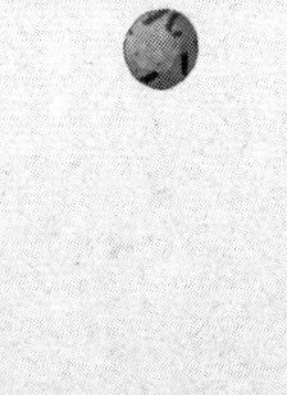

1

二月はじめの土曜日、「あずきブックス」に蒼子さんがやってきた。上野の博物館を見た帰りに寄ったのだと言う。

「夫は博物館めぐりが好きだったのよね。葬儀のあともなにかと忙しくて、久しぶりに一日空いたから気晴らしに、と思って」

蒼子さんは言った。

「家にいると、夫のことを思い出すとき、どうしても亡くなる前の弱った姿になってしまうの。それがいちばん新鮮な記憶だから。でも、今日はちがった。あちらこちらで元気だったころの姿を思い出して……」

蒼子さんが遠くを見る。

「それで、一葉さんのお店、この近くだったな、って。一葉さんいるかわからないし、五時過ぎだからもう閉まっちゃうかな、と思ったんだけど、来てよかった」

「金土日だけ七時まで営業してるんです。わたしも連句の日以外、金土日はだいたいい出てます」

「なんか、本屋さんに来たのも久しぶり。ちょっと見ていきますね」

蒼子さんが店内を見まわした。

「はい、ゆっくりどうぞ。カフェも六時半までは注文できますから」

「萌さんのお菓子、まだあるかしら？」

「大丈夫です」

「よかった」

蒼子さんはほっと息をついて、書店スペースをまわりはじめた。


蒼子さんはずいぶん長いこと店じゅうの棚を見てまわっていたが、六時すぎになって本を両手にかかえてレジにやってきた。十冊以上あるみたいだ。

「ずいぶん買っちゃったなあ」

蒼子さんが笑った。

「じゃあ、ちょっとカフェの方にも寄りますね」

会計を済ませた本を持ち、カフェのカウンターに向かった。メニューの表をながめ、だいぶ悩んでからなにか注文している。

「一葉さん、少し早いけどあがっていいよ。いっしょにお茶飲んできたら？」

本の整理をしていたわたしに泰子さんが言った。

「いいんですか?」

「いいよ。あとはレジだけだし。本もたくさん買ってもらったし」

泰子さんが笑った。

大急ぎで本の整理を終え、カフェのレジカウンターでお茶とお菓子を買い、蒼子さんのところに向かった。蒼子さんがお茶を飲みながら、本を読んでいる。夢中になっているみたいで、わたしが近づいたことにも気づかずにいる。

「蒼子さん」

声をかけると、ようやく顔をあげた。

「仕事、終わったんです。いっしょにお茶飲んでもいいですか?」

「え、ええ、もちろん」

蒼子さんが本を閉じた。買った本ではなく、試し読みコーナーにあったものみたいだ。いま話題の翻訳文芸だ。

「この本って、売り場にもあるの?」

蒼子さんが訊いてきた。

「ありますよ。試し読みコーナーは泰子さんのおすすめ本を集めてて。レジの近くの棚にまとまって置かれてます」

「そしたら、これ、買ってこうかな。さっきお店まわったときは気がつかなかったんだけど、めちゃくちゃおもしろい」

蒼子さんが目を輝かせる。

「じゃあ、行ってきてください。荷物、見てますから」

蒼子さんのとなりの席に腰掛け、お茶を飲む。いい香りだ。焼き菓子もひとくち。あずきのほんのりした甘さが口のなかに広がる。

蒼子さんが本を持って戻ってきた。

「ありがとう。これで帰ってから続きが読める。ちょうどよかった。今日は子どもたちも帰りが少し遅いみたいだから、夜、ひとりだし」

「そうなんですか？」

「もうふたりとも大学生だから。サークルとかゼミとかで帰りが遅いことも多くなって。今日はひとりだから、ごはんも適当に食べて帰ろうと思ってたの」

「そしたら、どこかでいっしょにお食事でも……」

思わずそう言った。家で食べるつもりだったが、いま連絡すれば問題ないだろう。

「大丈夫なの？」

「はい。ちょっと家に連絡します」

スマホを取り出し、母にメッセージを送る。今日は家に母がいて、夕食を作ることになっていた。

――了解。ゆっくりしておいで。

母からすぐに返事がきた。

2

泰子さんと真紘さんにあいさつして、あずきブックスを出た。

蒼子さんは帰りは根津からでもかまわない、ということだったので、坂をくだり、根津駅の近くのカジュアルフレンチの店にはいった。

「こういうお店で食べるのも久しぶりだなあ」

カラフルな絵が飾られた店内をながめながら、蒼子さんがつぶやく。簡単なディナーコースを選び、蒼子さんはワインも頼んだ。運ばれてきた前菜を食べながら、蒼子さんのお子さんの話を聞いた。

上は女の子で大学四年生、下は男の子で大学一年生。お嬢さんは大学の授業もすべて終わり、卒業式を待つばかり。茂明さんの再発がわかる前に就職の内定も出ている。今日はゼミの集まりなのだそうだ。息子さんは茂明さんの死後かなり沈んでいたが、最近少しずつサークル活動の方に顔を出すようになったらしい。

「若いからかな、悲しいのは変わらないんだけど、もうひとりでちゃんと立てるようになってる、っていうか。わたしがいちばんへこたれてるのよね、情けない」

蒼子さんはそう言った。

「親子と夫婦はちがうと思います」

「そうね。悲しさの質がちがうのかも」

「ひとつばたごも……見に行けたらよかったですね」

わたしがそう言うと、蒼子さんは黙ってうなずいた。

「でもね、なんじゃもんじゃを見に行く、って、もしかしたら、花のことだけじゃなくて、連句会のことも言ってたのかな、って思うの」

蒼子さんの言葉に、わたしも似たことを感じたのを思い出した。

「夫は趣味が多い人だったし、仕事自体が趣味みたいなところもあったから、わたしほど連句にどっぷり、っていうわけじゃ、なかったんだけどね。でも、いろんなことができなくなったからか、妙にもう一度連句に行きたかった、みたいなことを言うようになって……。人が集う場に身を置きたかったのかもね」

「茂明さんも、大学時代に冬星さんの授業を取られていたんですよね。航人さんより年上で、授業を受けていたのは航人さんより前だった、とか」

鈴代さんから聞いた話を思い出しながら言った。

「ええ。夫の方が航人さんより三つ上だったから。大学にいた時期は一年だけ重なってるけど、授業受けた時期はずれてる」

「連句に来るようになったのは、蒼子さんと結婚する前だったとか」

「つきあいはじめたころに連句会に参加していることは話したことがあって、夫も大学時代に連句の授業を取ったことがある、って言ってたのよね。でもそのときはそれで終わっちゃった。それが、結婚披露宴の招待客について相談してたときに連句会の話になって、わたしが所属している『堅香子』の宗匠が冬星さんだって話したら、自分が連句習ったのもその先生だ、って」

「すごい偶然ですね」

「それで、一度連句会に行ってみたい、って言い出して、堅香子に連れて行った。冬星さんの授業は反復履修できたから、航人さんは何度も取ってたけど、夫は一年のときに一度取っただけ。しかも、さぼりがちで不真面目な学生だったから」

　蒼子さんが少し微笑む。

「わたしたちのころはみんなそんなものだったのよね。子どもたちの話を聞いてると、いまの大学生は真面目に授業に出てるみたいで、ちょっとびっくりする。冬星さんの授業は受講生がそもそも少なかったし、出席もきびしくなかったからさぼる学生が多かったみたいで」

「桂子さんからも聞きました。航人さんと一対一だったときもあったとか。それで冬星さんと仲良くなって、連句の大会に引っ張り出された、って」

「そうそう。その点、夫はちゃらんぽらんな学生だったから。冬星さんの授業は、前半は芭蕉の俳諧を読み解いて、後半は連句実践。一度の授業では五、六句進むのがやっとだったから、六、七回かけて歌仙一巻を進めていく感じで。それで一句でも付けてれば、とりあえず及第点をもらえたみたい」

「そうだったんですか」

「夫はよくわからないままに句を出して、一句取ってもらって。それで、単位出るぞー、って感じだったらしいから、自分のことは覚えてないだろう、って言ってたんだけど」

蒼子さんがあきれたような顔になった。

「冬星さん、夫に会うなり、ああ、君か、って。しかも、むかし授業のときに夫が作った句をさらっと口にした」

「印象深い句だったんですね」

「そうじゃないのよ。そのときの一巻、丸ごと覚えていたみたい」

「えっ？」

ちょっと驚いた。授業で巻いた連句を全部覚えていた、ということ？　前に航人さんが、若いころは自分が捌きをつとめた巻の句は丸ごと覚えてるって言ってたけど、冬星さんもそういう人だったのか。

「大学の授業で巻いたもの、ほとんど覚えてたみたいなの。夫もびっくりして、棒立ちになっちゃった。そのあと歌仙を巻いたら、なんだか楽しかったみたいで。大学時代はよくわからなかったけど、おもしろいものなんだな、ってうれしそうに言ってた。それからときどきいっしょに参加するようになったの」

蒼子さんは少し笑った。

そのあとしばらく、茂明さんの話を聞いた。茂明さんは人の話を聞くのがうまい人だったらしく、「ひとつばたご」の二次会ではよく直也さんや悟さんと話しこんでいたのだそうだ。

堅香子のころの航人さんは無口であまり自分のことをしゃべらない性格だったようで、茂明さんは、航人さんだけはよくわからない、と首をひねりつつも、年下なのに信じられないほど鋭い句を作る、と一目置いていた。ひとつばたごになってからは、航人さんもだいぶやわらかくなったよね、と言っていたらしい。

「わたしもそう思う。堅香子のころの航人さんは、どこか閉じたところがあって。洞察力のある強い句を作る人だから、こっちが勝手にかまえてしまっていたのかもしれないけど。ちょっと近寄りがたかった」

「そうなんですか？　そんなふうに思ったことはありませんでした」

「そうね、冬星さんが亡くなったことが大きかったのかも。航人さんはとくに冬星さんを慕っていたしね。ご両親ともうまくいっていなかったみたいだし、冬星さんを父親のように思ってたんじゃないかって睡月さんが言ってた」

「ご両親とうまくいっていなかった？」

「お母さまが早くに亡くなっているみたい。航人さんは次男で、お父さまは優秀な長男にしか関心がなくて、航人さんは祖父母の家で育った。そこも厳しかったみたいで、航人さんは大学時代に家を出たらしいのよ」

蒼子さんがそう言ったとき、デザートが運ばれてきた。蒼子さんはティラミス、わたしはクレームブリュレ。アイスクリームも添えられている。

「冬星さんと出会って、はじめてあたたかさに触れたのかもね。でも、いろいろあって、航人さんが堅香子を離れているあいだに冬星さんが亡くなってしまった」

「桂子さんから聞きました。蒼子さんが偶然会って、冬星さんの一周忌の連句会に誘った、と」

「冬星さんが亡くなったことを話したら、ずいぶんショックを受けてたのよね。はじめは一周忌の会に出る資格はない、みんなにも合わせる顔がないって言ってたんだけど、なんとか来てくれて。その会が終わって、もう連句には戻らないのかと思ってたのに……。どうしてひとつばたごをはじめたのかはわからないけど、あのときから航人さんは変わったと思う」

「変わった……?」

「捌きってこともあったと思うけど。自分の句を作るより、連衆の句をよく読み取って、かがやきを見出すようになった。選ぶ句は冬星さんとはちがうんだけど、捌き方はどこか似てる」

わたしが知っている航人さんは、ひとつばたごになってからの姿なのか。

「そういえば……。前に久子さんから聞いたんです。航人さんが、自分がひとつばたごをはじめたのは治子さんのおかげだと言ってた、って」

「そうなの? それは知らなかったわ」

蒼子さんが首をかしげる。

「なにかきっかけがあったのかもね。治子さんがそれを作ったのかも」

きっかけ……。いったいなんだろう。

「そのこと、治子さんのお墓参りのとき航人さんに訊いてみたら?」

「え、でも……。久子さんから聞いた話ですし」

「一葉さんからは訊きにくいか。あ、でも、次回は久子さんも来るって。治子さんのお墓参りだし、家もこのあたりだから。連句会の前に、久子さんにそれとなく訊いてみる。わたしも気になるもん」

蒼子さんがにっこり笑った。少し酔ったのか、頬が赤い。

「ああ、でもよかった。久しぶりにゆっくりした感じ。今日はありがとう。やっぱりいいわね。外に出たり、だれかと話したり。それに、おいしいものを食べるのって大事」

そう言って、にっこり笑った。

3

連句会の日が近づいてきた。お菓子は麻布十番《あざぶじゅうばん》にある「豆源《まめげん》」の豆菓子。午前中からお墓参りなので、当日の朝買いに行くことはできない。豆菓子は日持ちもするし、あずきブックスが休みの日に前もって買いに行った。

豆源は、慶応元年（一八六五年）創業の老舗の菓子店で、店頭には数十種類の色とりどりの豆菓子がならんでいる。塩味、醬油味のシンプルなものから、辛いの、甘いの、いろいろある。

豆菓子というのは餡のはいったお菓子とくらべて地味だけれど、あとを引く。味がいろいろあると、いつまでも食べられる。子どものころ、祖母といっしょにテレビを見たり、本を読んだりしながら豆菓子を食べた。

祖母もここではとくに定番を決めているわけではなかったから、いちばん人気のおとぼけ豆は必ず買うとして、それ以外は色合いや甘辛バランスを考えて、目についたものを買っていたみたいだ。

見ているとどれもほしくなるが、色や味のバランスを考えて、売れ筋らしい梅落花、甘い抹茶、たこ焼き味の多幸ボール、わさび、胡麻大豆、南京糖など十種類の豆菓子と、おかきを買った。

連句の日は、いろいろな路線で来る人がいるから、お寺で集合と決まった。連句会の人がお墓参りに来てくれることを話したところ、父が、それなら朝のうちに掃除をしておこう、と言った。

朝食後、父とふたりで掃除用具を持ってお墓に行き、お墓のまわりの掃除をした。前に供えた花と枯葉を取り、墓石に水をかけて布で拭き取る。

墓石を清め、父が本堂の方に出たとき、航人さん、桂子さん、蒼子さん、鈴代さんがやってきた。鈴代さんはお花を持っている。父をみんなに紹介し、立ち話をしているところに、蛍さん、久子さん、悟さん、直也さん、陽一さんが次々とやってきた。

「すみません、少し迷ってしまって」

最後に萌さんがやってきたところで、父は家に帰っていった。お寺にあいさつし、お線香を買ってから墓地にはいる。陽一さんと直也さんが手桶に水を汲む。お墓のあいだをしずかに歩いた。晴れていて、あたたかかった。

「こちらです」

お墓の前に立ち、そう言った。

「立派なお墓ねえ」

桂子さんが手を合わせる。

鈴代さんが花立てに花を入れ、直也さんが水鉢に水を入れる。わたしは豆菓子をひとつ取り出して供え、陽一さんが蠟燭《ろうそく》に火をつけた。

航人さんが墓の前で数珠《じゅず》を手にかけてしゃがみ、線香をあげる。目を閉じ、頭を垂れ、声に出さずなにか祈っているみたいだ。一礼して立ちあがると、桂子さん、蒼子さん、久子さん、直也さん、と続いてお参りした。


お墓参りを終え、寺を出た。昼食は父に勧められて、お寺の近くの寿司店にした。穴子寿司が有名で、法要などで集まるときにはよく利用する店だ。二階の席を予約し、穴子が三貫入ったにぎりをあらかじめ注文しておいた。

店に着くとすぐに二階に案内された。蛍さんは、こういうお店ははじめてで、ちょっとどきどきします、と店内を見まわしている。お寿司は好評で、とくに穴子寿司はふわふわで絶品ですね、とみんなに言われ、よかった、とほっとした。

「すみません、実は午後から妹が来たい、って言ってるんですけど……」

食事の最中、蛍さんが言った。

「妹さんって、この前の海月ちゃん？」

萌さんが訊くと、蛍さんが、そうです、とうなずいた。

「海月ちゃん？」

鈴代さんが不思議そうに首をかしげた。

「いえ、本名ではなく……。妹が勝手にそう名乗っているだけで」

蛍さんが困ったように言った。

「なんだか、ブックカフェと古民家を見てみたいらしくて。連句のときは邪魔にならないようにしてるから、って。このあと、あずきブックスで合流する、ってことになってるんですけど……」

「え、いいんじゃない？　海月ちゃん、おもしろい子だったよね」

萌さんがわたしに言った。

「この前のわたしの手作りイベントのときに来てくれたんです。だから、一葉さんとわたしは会ったことがあって……」

萌さんが説明した。

「妹さん、おいくつ？」

鈴代さんが訊く。

「高一です」

「高校生なら、連句にも参加してもらえばいいんじゃない？」

桂子さんが言った。

「え、いえ、妹は理系の方が好きみたいで、短歌や俳句にはそんなに興味がないんじゃないかと……」

蛍さんが口ごもる。

「そうかな。この前会ったとき、すごく頭の回転が早いんだな、と思ったけど。言葉のセンスも独特で、連句もできそうな気がします」

わたしは言った。

「えー、ちょっと興味あるわねえ」

久子さんがにまっと笑う。

「あの子なんか変なこと言いませんでしたか？　妙に態度が大きいところがあるので、一葉さんに失礼なこと言っちゃったんじゃないか、って心配してたんです」

「そんなことないよ、おもしろかったし、話してて楽しかった」

「まあ、連句に参加するでもしないでも、来てもらうのは別にいいですよね」

蒼子さんが航人さんに訊く。

「連句が求めるのはあたらしさですから、新人はいつでも歓迎ですよ」

航人さんはそう言って微笑んだ。


昼食後はあずきブックスに移動した。泰子さんと真紘さんにみんなを紹介したあと、それぞれ店内をながめていたとき、海月さんが現れた。

「こんにちは〜」

わたしを見るなり、海月さんが近寄ってくる。

「これがブックカフェですか。なかなかいいですね」

腕組みしてそう言ったとき、蛍さんがやってきた。

「ちょっと……。なんであんたはそんな上から目線なの」

蛍さんが困ったように言う。

「え、上から目線かな？　いい店だ、と思ったからそう言っただけなんだけど」

「だから、まだ『いい』とか『悪い』とか言える立場じゃないんだって」

蛍さんが言うと、近くにいた鈴代さんが笑った。

「元気がいいのはいいことだと思うよ」

鈴代さんがいつものかわいらしい声で言う。

「お姉さんも連句の人なんですか？」

海月さんが鈴代さんを見あげ、鈴代さんは、うん、とにっこり笑った。

「お洋服、素敵ですね。おしゃれ」

海月さんが言った。鈴代さんはいつものようにフリルとレースのついたワンピースに、刺繍入りのコートというかわいいスタイルだ。

「そーお？　ちょっと若向きすぎるかな、って思ってるんだけど」

「そんなことないです。似合うものを着るのがいちばんじゃないですか」

海月さんが言うと、蛍さんは、偉そうに言わないの、と諭した。

「いいよ、いいよ。そう言われるとうれしいもん」

鈴代さんはくすくす笑った。

「一葉さん」

うしろから声がしてふりむくと、怜さんが立っていた。ここのところお休みが多く、顔を合わせるのは一週間ぶりだった。お腹が一段と大きくなった気がする。

「だいぶ大きくなりましたねえ。もうそろそろかな？」

久子さんが言った。

「いちおう来月の予定です。ちょっと緊張しますね」

怜さんが言う。

「来月って、来月赤ちゃんが生まれるってことですか？」

海月さんが訊いた。

「そう。予定日は来月の半ば。でも、早くなったり遅くなったりすることはあるみたいだから……」

怜さんが答える。

「すごいですねえ。このなかに赤ちゃんがはいってるんだ……」

海月さんが怜さんのお腹をじいっと見つめた。

「あんまりじろじろ見ないの」

蛍さんがうしろから言う。

「いいわよ。このお腹もいまだけだもんね」

怜さんはお腹をぽんぽん叩く。

「人間の皮膚ってこんなにのびるものなんですか。すごいですねえ」

海月さんが感心したように言う。

「ほんとすごいよ。自分でもびっくりする。もうおへそもないし」

「おへそがない？」

「おへその内側の皮膚まで引っ張られてのびきってるの。だからくぼみがない」

怜さんが笑う。

「ひええ〜〜、そんなに？　なかで動いたりもするんですか」

「動く動く。最近はすごいんだよ。内側から押してきて、外から出っ張ってるのが見えるの。で、その出っ張りがぐいいいーんと動いていって」

「うわああ、痛くないんですか？」

「痛くはないんだけどね。でも、うわあ、っとは思う。ちょっとさわってみる？」

怜さんが手でお腹をなでた。

「え……そんな……」

海月さんがおびえてあとずさる。

「大丈夫、いまは動いてないよ。一葉さんもどうですか？」

怜さんがわたしの方を見た。

「いいんですか？」

「うん」

怜さんがお腹を突き出した。手をのばし、お腹に手のひらをあてる。

「あったかい」

ふつうのお腹とはちがい、ぱんと張って、あたたかい。

「そちらのふたりも……」

怜さんが蛍さんと海月さんを見た。蛍さんもおそるおそる手をのばし、失礼します、と頭をさげながらそっとお腹に触れる。

「ほんとだ、あったかい……」

驚いたように言って、海月さんの方を見る。

「ほんと？　でも、わたしはいい……です……。ちょっと怖いし……」

「怖くないでしょ？　おめでたいことだよ」

「いや、なんかそのなかに別の生命がいると思うと……」

海月さんがびくびくしている。少しわかる気がした。わたしも義姉が長男をみごもったとき、ちょっとこわくて尻込みしてしまったから。祖母に、大丈夫だよ、とやさしく言われ、ちょっとだけさわった。

そのとき義姉が、ありがとう、と言った。義姉の目を見たとき、義姉にとってもこれははじめての体験で、不安なのかもしれない、と気づいた。

「大丈夫だよ」

蛍さんが海月さんの手を取り、怜さんのお腹にあてる。

「ふわあっ」

海月さんが変な声を出す。

「これはすごい」

手をあてながら、じっと怜さんのお腹を見つめる。

「このなかに赤ちゃんがいる。すごい。すごいことだ。すごいよね、お姉ちゃん」

すごいをくりかえす海月さんに、蛍さんが、うん、うん、とうなずいている。

「ありがとうございました。貴重な体験をさせていただきました」

海月さんはお腹から手をはなすと、怜さんに深々とお辞儀した。

4

みな思い思いに本を買ったり、カフェスペースで萌さんの焼き菓子を買ったりして、連句の会場に移動した。久子さんだけ、本の注文をしたいらしい。場所はわかっているようで、すぐに行きます、と言って店に残った。

三軒屋の古民家を再生した「上野桜木あたり」という複合施設のなかの貸し間「みんなのざしき」が今日の連句の会場だ。

路地の先の入口を抜けると、三軒のつながりあった古民家がならんでいる。天然酵母のビアホールに手作りパンのお店、塩とオリーブオイルのお店。海月さんは、あたりをきょろきょろ見まわし、スマホで写真を取りまくっている。

奥の左側に座敷の入口があり、靴を脱いであがった。

「では、今日は時間も少ないので、前回話した通り、半歌仙とします」

机をならべ終わってみんなが座につくと、航人さんが言った。

「蛍さんの妹さん、ええと……」

「海月です」

航人さんの問いに、海月さんがぴんと背筋をのばし、元気よく答えた。

「そうでした、海月さんもせっかくですから、よければ句を作ってみてください」

「いえ、わたしは……。ルールもわからないですし、短歌や俳句も学校の授業で作ったくらいで、隅っこでしずかにしていますので、どうぞおかまいなく……」

海月さんは胸の前で両手をふった。

「いやいや、そう言わず。ルールはわからなくても大丈夫。どんな句を作ればいいかは、そのときどきに説明しますから」

航人さんが笑った。

「まあ、いいじゃない、やってみようよ。わたしもいつもやってるんだから」

蛍さんが海月さんの前に短冊を置く。

「文学少女のお姉ちゃんはできるだろうけど、わたしは無理。できっこないって」

海月さんはぶつぶつ言いながら短冊を手に取った。

「さて、今日は海月さんもいるので、少し説明しながら進めますね。まずはじめは発句。五七五の句です。発句には季節が必要です。いまは春。春の季語を入れてくださいね」

「季語……って、どうやって……」

海月さんがぽかんとする。

「こういうときのために歳時記があるんだよ。これを見ると、春の季語がたくさんならんでるから、それを入れて五七五の句を作る」

蛍さんが歳時記を見せながら説明する。

「発句は挨拶句ですから、いまここに来て感じたことや、ここまでの道中に見たものなんかを織りこむといいですね」

航人さんが言った。

「ここまでの道中……？　ええと、電車に乗って……」

海月さんの目が宙に泳ぐ。

「この建物でも、さっき寄ったあずきブックスにまつわる句でもいいんですよ」

「この建物かあ……。なるほど」

海月さんはそう言って、鞄からペンケースを出す。ファスナーつきで、開けると自立するタイプのペンケースだ。そのなかからシャープペンシルを出した。

「全然ダメだ、圧倒的な感性のなさ。なんも思いつかない」

蛍さんに言う。

「ちょっとしずかに。みんな考えてるんだから」

蛍さんが言うと、海月さんは、わかった、と言って短冊をじっと見つめ、シャープペンシルをかちゃかちゃ言わせた。指を折って数え、うーん、とうなって宙を見あげる。少し書いては消しゴムで消し、また、うーん、とうなる。

海月さんの様子を見ているうちに、ほかの人はどんどん句を出しはじめていた。航人さんは一枚ずつじっとながめている。わたしもなにか作らないと。せっかくみんなが祖母のお墓参りに来てくれたのだから、そのことを入れたい気もする。

表六句は神祇《じんぎ》、釈教《しゃっきょう》、恋、無常、述懐《じゅっかい》、懐旧《かいきゅう》、地名、人名、軍事、病体などのような強い語をきらう。墓参りもダメだろう。だが、発句だけはなにを詠んでもよいと言われていた。発句ならお墓が出てきても大丈夫のはず。

墓……。墓地の風景を思い出し、お墓の句を書こうとするが、うまくまとまらない。

「どうでしょう？　だいたい出たかな？」

航人さんがわたしたちの方を見た。

「すみません、まとまらないので今回は……」

お墓の句は裏にはいってからでもいいかな、と思い、そう答える。

「ギブです」

海月さんが言った。海月さんの前には短冊の残骸が何枚も広がっている。

「まあ、最初は発句はちょっとむずかしいかもしれませんね。じゃあ、いま出ているなかから選びましょう」

航人さんがそう言って、短冊のなかから一枚抜き出す。

「今回はこれがいいかな、と思います」

入口の小さな町に風光る

「これはどなたの?」

「わたしです」

桂子さんが手をあげる。

「この上野桜木あたりのことですよね。入口の小さな町、ってぴったりですよね」

鈴代さんが言った。

「すみません」

海月さんが手をあげる。

「句の意味はだいたいわかったんですけど、季語はどこにあるんですか？」

「ああ、『風光る』が春の季語なんですよ。歳時記を見ればあります」

航人さんが答えた。

「『風光る』が季語……」

海月さんは呆然とした顔になる。となりの蛍さんが歳時記のページをめくり、「風光る」の項をさした。

「え、『のどか』や『うららか』も季語？　これは……。わかる気がしない」

海月さんが悲痛な表情を浮かべた。わかる、わかるよ。わたしもはじめはそうだった。そう話しかけたくなる。

「大丈夫、わたしもまだまだわからない言葉ばっかりだから」

蛍さんがなぐさめる。

「そうですよ、僕らも初心者で、歳時記めくるたびにびっくりしてますから」

陽一さんが言った。

「そう……なんですか？」

海月さんが陽一さんを見た。

「じゃあ、次にいきましょう。次は脇。発句にぴったり寄り添って付けるのがよしとされてます」

「付ける？」

海月さんがぽかんとする。

「付ける、というのは連句の基本で……。前の句とつなげる、ってことです。でもくっつきすぎててもいけない。紙と紙を貼り合わせるとき、糊代《のりしろ》を作るでしょう？連句の『付く』はこの糊代なしに紙と紙が接している感じ。紙と紙が離れていてはダメ。でも重なり合っているのもダメ」

「糊代……」

海月さんは腕組みをして、うーん、と考えこんでいる。

「まあ、最初は前の句を見て自由に連想すればいいですよ。次も季節は春。七七で、体言止め。名詞で終わるってことですね」

「春……。七七……。名詞で終わる……？」

「最初は季語はむずかしいから、季語のないところで作るのがいいかもね」

蛍さんが言った。

「季語ないところもあるの？　じゃあ、そこにする」

海月さんは早くもあきらめムード。

「でも、日本語は意外と季語になってるものが多いから、季語じゃない言葉を探すのって、けっこうたいへんかもよぉ」

鈴代さんが笑う。そのときすっと蒼子さんが句を出した。

寝そべっている猫の子の髭

「ああ、小さな町に子猫が寝てる。いいですね、これにしましょう」

「あの……これはどこが季語なんですか」

海月さんが困り果てたように言った。

『猫の子』『子猫』は春の季語なんです。猫は春に子どもを産むから……」

蒼子さんが答える。

「えええ〜そんな……。もう無理だ」

海月さんが机に突っ伏す。

「あきらめないの」

蛍さんが笑った。

「次は第三。まだ春です。五七五で『〜して』のような続く形で終わる。ここは離れていいですよ。発句・脇の世界を断ち切って、あたらしくはじめる気持ちで」

航人さんが言うなり、悟さんがさっと句を出す。

種を蒔くわたしの後に付いてきて

「これもいいですね、ここはこちらにしましょう」

「悟さん、猫ちゃんの句に付けたかったんですね」

鈴代さんが言った。

「ほんとは猫の句を作りたいんですけど。なぜかいつも先を越されてしまう」

悟さんが苦笑いする。

「これは……。さては『種を蒔《ま》く』が季語なんですね」

海月さんが言った。

「そうそう、海月ちゃん、すごい」

鈴代さんが手を叩く。

「で、寝そべっていた子猫がわたしのあとについてくる、って感じ。ちょっとわかってきた気がします。なんかイメージ湧いてきたような……」

海月さんは猛然と歳時記をめくりはじめた。

「それはよかった。でも、次はもう季語なしでいいですよ」

「え、ほんとですか！」

海月さんの表情がぱっとあかるくなる。

「季語なしの七七です」

脇が人の出てこない場の句だから、次は人が出てきた方がいい。でも打越がどうとか、自他場が、とか言い出すと、せっかくやる気になった海月さんの心が折れてしまうかもしれない。みんな暗黙の了解でなにも言わずにいる。

背中を丸めてシャープペンシルを持ち、短冊になにか書くと、さっと前に出した。

「できました！」

スカート揺らし自分を誇れ

短冊にはそう書かれている。なんだか斬新で、どきっとした。

「うん、勇ましくていい句ですね」

航人さんもうれしそうに微笑む。

「ただですね、連句では下の七が四・三に分かれてはいけないんです」

「え……」

海月さんが絶句する。

「言葉の調べの問題で……。四三になっていると、流れがそこで止まってしまうと言いますか……」

「これだと『自分を・誇れ』で四・三になってるでしょ?」

蛍さんが横から説明する。

「えー。せっかくいいのができたと思ったのに」

「いや、でもいい句ですよ。とてもいいです。だから少し変えましょう。ならべ方を変えれば、四三は避けられますから。あと、もうひとつ、スカートがね……」

航人さんが口ごもった。

「女性を思わせる、ってことですか」

直也さんが言った。

「最初の六句は恋に通じる句は出しちゃダメ、って言われてるの。むかしは連句巻くのは男性が多かったから、女イコール恋っていう発想があるらしくて……」

蛍さんが言った。

「なんかよくわからないけど、つまり、スカートは出しちゃいけない、と」

海月さんがぼうっと遠くを見る。

「で、順番も変えなきゃいけない、と」

遠くを見たまま唱えるように言った。

「四三はひっくり返せばなんとかなるから。『誇れ、自分を』にするとか」

蒼子さんが言う。

「なるほど。じゃあスカートは……」

「フリルは？　フリルも着るのは女性が多いだろうけど、直接的じゃないし」

鈴代さんが言った。

「そうね、レースは夏だけど、フリルなら季節もないわよね」

桂子さんがうなずく。

フリル揺らして誇れ自分を

蛍さんが海月さんの短冊を書き直す。

「なんかもう自分の句じゃないみたいだけど……。でも、まあ、これでいいです」

海月さんが言った。

「最初はそんなもんだよ。わたしなんて『の』しか残らないときもあったもん」

蛍さんが笑った。

「じゃあ、次は月ですね。ここは夏の月。打越が自の句ですから、場の句か、人がいるなら他か自他半」

「打越？　自の句？」

海月さんが蛍さんに訊く。

「連句では、前の句には付くけど、前の前の句から離れる、っていうルールがあってね。前の前の句のことを打越、っていうの。それで、句の種類を大雑把に四つに分けて、人が出てこない句は場、自分のことを詠んだものは自、他人のことを詠んだものは他、自分と他人両方出てくるのは自他半」

「ほうほう、なるほど」

むずかしいかな、と思ったが、海月さんは興味深そうに訊いている。

「ここは前の前の句が『種を蒔くわたしの後に付いてきて』で自分のことを詠んでるでしょ、つまり自の句。だから、自の句以外で、場か他か自他半、ってこと」

「ふうん。お姉ちゃん、よく覚えてるね」

「まあ、もうずいぶんやってるからね」

姉妹のやりとりをみんなにこにこ笑って見守っている。

「たしかに面倒だけど、わたし、こういうパズルっぽいルールは嫌いじゃないですよ。なるほど、四種類にざっくり分けるんだね。おもしろい。でも、わたしはいま付けたところだから、ちょっとお休みしていいよねえ」

「そうだね。わたしも自分の句を作らないと」

蛍さんが苦笑いしたとき、鈴代さんがさっと短冊を出した。

夏の月遠く離れた舟ひとつ

「いいんじゃないですか。ではここはこちらで」

航人さんが言った。

月のあとには「右に曲がったおじいちゃんたち」という、蛍さんの少し肩の力の抜けた句が取られた。海月さんの手前、句を付けられてほっとした様子だ。これで表六句が終わり、おやつタイムへ。

「おやつ？　やったー」

海月さんはうれしそうである。豆菓子やあずきブックスで買った萌さんの焼き菓子などを机の上にならべていると、久子さんがやってきた。

「さすが久子先生。おやつの時間にはやってきましたね」

直也さんが言った。

「え、別にそういうわけじゃないわよ」

久子さんは苦笑いしながら海月さんのとなりに座った。

「海月ちゃん、どう、調子は？」

「ルールはややこしいし意味もわからないけど、もう一句取ってもらえました」

海月さんが胸を張り、得意そうに、これまでの記録を見せた。

「へえ。『フリル揺らして誇れ自分を』？　いい句じゃない？　かっこいい」

久子さんが言った。

「なんかだいぶ変わっちゃって……。女はダメとか、四三はダメとか」

「ああ、四三。わたしもよくやる」

久子さんが笑った。

「『女がダメ』もわからないよねえ。わたしもまだ全然ルールわかってないかも」

「そうなんですか？　それでも大丈夫なんですか？」

「うん、たくさん作ればいいのよ。数撃ちゃ当たる、よ」

「そういうものなんだ……」

海月さんがぼうっと久子さんを見た。

「先生、この前は『数撃ちゃ当たる、みたいに言わないでよ』って言ってたじゃないですか。海月さんも真に受けちゃダメですよ」

悟さんが言った。

「そうそう。久子先生は句を作るのがすごく早いから。ふつうの人は真似できないよ」

蛍さんが笑う。

「あ、豆菓子。かわいいですねえ」

久子さんは涼しい顔で抹茶の豆菓子をぱくんと頬張り、おいしい、と笑った。

裏にはいり、そろそろ恋の句である。海月さんは久子さんにならって、猛然と句を作りはじめる。航人さんの前に、久子さんと海月さんの短冊が次々にならんだ。

「五七五にするコツが少しわかってきました」

見てるだけ、と言っていたことはすっかり忘れているみたいだ。

裏の一句目は萌さんの「今年こそ初心者マーク外したい」に決まった。

「これは恋につなげやすいですね」

悟さんが言う。久子さん、海月さん、桂子さんがささっと句を作り、前に置いた。

「ここはこれかな」

航人さんは桂子さんの句を取った。

短き爪に色のせてをり

「あ、いいですね、恋っぽくなってきました」

直也さんが言う。

「なんで？　なんでこれが恋なんですか？」

海月さんはまた困惑した表情である。

「身体の部分はだいたい恋につながるんです。それに爪を飾るというのも……」

航人さんが語尾を濁す。

「ほら、デートの前とかにおしゃれするじゃない？」

鈴代さんが言った。

「先輩からネイルするのは自分の気持ちをあげるため、って聞きましたけど」

海月さんは納得できない、という表情だ。

「気持ちをあげる！　そうだよね、わかる」

萌さんが笑った。

自分がはじめてネイルをしたときのことを思い出した。たしか大学時代のなにかのパーティーの前で、まさに「気持ちをあげる」ためのものだったのだけれど、参加者のなかに気になる先輩がいたのも事実である。ふたりで話したこともないし、卒業後一度も会っていないけれど……。眼鏡が似合う、本好きの先輩だった。

「このあたりでいったん冬の句を入れたいですね」

航人さんの言葉に歳時記をめくり、冬の季語を探す。「日記買う」「古日記」という言葉が目にはいってきた。年末に書き切ったその年の日記を古日記というらしい。

書店でも毎年年末になるとあたらしい年の日記帳がならぶ。

ここは打越が自の句だから、人を出すなら他か自他半。じゃあ、あの先輩を出してみようか。先輩は教室でよく本を読んでいた。古日記……。眼鏡……。あれこれ考えながら指を折る。

古日記めくるあなたの丸めがね

読んでいたのは日記ではなく本だったし、眼鏡も丸眼鏡ではなかったのだけれど、眼鏡だけだと字が足りない。海月さんの丸い眼鏡を見て丸眼鏡にしようと思いついて、短冊を航人さんの前に置いた。

「いいですね。冬の季語もはいってるし、爪に色をのせるとの相性もいい」

航人さんが言った。

「あの、もしかして、この古日記というのが季語ですか？」

海月さんが言った。

「そうそう。むかしは年末に日記を買い替えてたのよね。海月さんの世代だと紙の日記なんて使わないかもしれないけど」

桂子さんが笑った。

「いえいえ、日記はやっぱり紙ですよ。鍵がついてたりとか。ロマンです」

海月さんが言った。

「ここはまだ恋を続ける感じですか?」

久子さんが言った。

「それは皆さん次第です。もうこれで終わりにしても、まだ続けても」

航人さんが笑う。

「じゃあ、これを……」

久子さんがつつつっと短冊をすべらせる。

みしりみしりと廊下踏む尼

「あ、いいですね。いままでとは景色が変わった。こちらにしましょう」

航人さんがうなずく。

「えーと、これはどこが恋なんですか?」

海月さんが訊く。

「さっきも言ってたでしょ? 連句の世界では女が出てくれば恋なんだよ。少女でも母でも祖母でも尼でも」

蛍さんが答える。

「祖母でも?」

「そうよぉ、おばあちゃんだって、娘だったころがあるのよぉ」

桂子さんが笑った。

「なるほど。それは深いですね」

海月さんは腕組みする。みんな、ははは、と声をあげて笑った。

「さて、まだ付いてないのは……」

航人さんが言うと、直也さんと陽一さんがそろそろと手をあげた。

「なんか、皆さんの勢いに押されちゃって……。でも、いま一句できました」

陽一さんが苦笑いしながらそうっと句を出した。

夢でしか行けない国に飛んでゆく

「え、いいじゃない? 素敵」

蒼子さんが言った。

「夢でしか行けない国……。なんかかっこいいですね」

海月さんが目を輝かせ、よし、わたしも作ろう、と言って短冊に向かった。

「では、ここはこれで……。このあたりで恋は終わりにしましょうか」

航人さんが言った。

「え、いまのも恋なんですか？」

海月さんが顔をあげ、不思議そうに言った。

「そうなの。夢は夜見るでしょう？　だから恋なの。枕とかも……」

鈴代さんが笑った。

「あ、そういう……。察しました」

海月さんは神妙な顔でうなずいた。

「次の次が月ですね。でもここで一気に月にしてもいい。月じゃない秋でもいい。まだあと一句くらい季節なしでもいいですけど」

航人さんが言う。

「月って、さっきも出たよね？」

海月さんが蛍さんに訊く。

「そうそう。表でね。ここは裏の月。いつもは歌仙だから、表、裏、名残の表の三回月があって……」

「表、裏？」

「むかしの名残なの。最初の六句が表、次の十二句が裏。まあ、今日は半歌仙だからそこまででいいか」

「わかった。とにかくそういう決まりなんだね」

海月さんはシャープペンシルを持ち、短冊に向かう。久子さんも航人さんの前に二枚、三枚と短冊を置き、海月さんも負けじと短冊を出す。「背中に残る翼の記憶」「卵の中に眠ってる竜」。海月さんの短冊にはそう書かれていた。

「海月ちゃんの句、ファンタジーだね。前の句が『夢でしか行けない国』だから？」

鈴代さんが訊く。

「それもありますけど、単純に竜が好きなんです」

「竜が、好き」

鈴代さんが目を丸くしてくりかえす。

「あと、翼も。飛べたらいいと思いませんか」

「『飛んでいく』に『翼』は付きすぎかなあ。あと『翼の記憶』は四三だね」

航人さんが笑う。

「また四三……」

海月さんが悔しそうに言ったとき、桂子さんから一枚短冊が出た。

半紙おさえる梨と洋梨

「ああ、なるほど。きれいな句ですね。ここはこれくらい落ち着いた句の方がしっくりきます。じゃあ、こちらにしましょう」

航人さんが言った。

「さて、次は月です。さっきの月のときにちゃんと説明してませんでしたけど、『月』は秋の季語なんです。だから、ただ『月』と詠むと、それは自動的に秋の句になる。ほかの季節の月にするときは、春の月、夏の月、とするか、春なら朧月、夏なら月涼し、冬なら寒月《かんげつ》とか凍月《いてづき》とか、その季節特有の月の呼び名を使います。だからさっきは『夏の月』だったんです。ここは秋の月だから、月だけでいいですよ。満月とか三日月とか半月でも大丈夫」

航人さんが海月さんに言う。海月さんは、わかりました、と言って短冊に向かった。ちらっと見ると、またしても竜の出てくる句である。どうしても五七五にならない、とうなりながら頭をかかえている。

「文字数合わないなら、ドラゴンとかに変えてみたら？」

蛍さんが提案したが、海月さんは、わたしのはドラゴンじゃなくて竜なんです、と言い張っている。

「ああ、こちら、いいですね。どなたでしたか？」

たくさんならんだ句のなかから航人さんが一枚選んで机の真ん中に出す。

「わたしです」

直也さんが手をあげる。

月明をやさしく包むお菓子番

「治子さんにちなんだ句を入れたいと思いまして……。発句のときも考えていたんですが、うまくまとまらなかったんです」

「いい句ですね。今日の記念になる」

航人さんが微笑む。直也さんも考えていてくれたのだ、と思ってうれしくなった。

「ありがとうございます。祖母も喜ぶと思います」

わたしは深く頭をさげた。

「お墓参り、行ってよかったわよねぇ。ずっと気になっていたもの」

桂子さんがうなずく。

「この豆菓子もなつかしいです。治子さん、必ずお菓子を準備してくれて。お買い物だってたいへんだったと思うのに」

鈴代さんが言った。

「祖母にとってはそれ自体が楽しみだったみたいです。お菓子を持っていって、みんなが喜んでくれるのがうれしい、って、母にも話していたみたいで」

「人からなにか受け取ることもうれしいですけどね、人のためになにかできることも喜びだと思います」

航人さんが言った。

「でも、治子さんはお菓子を持ってきてくれただけじゃ、ないですよね」

凛とした声がして、見ると久子さんだった。

「前に航人さん、おっしゃってましたよね。ひとつばたごをはじめることにしたのは治子さんのおかげだって」

はっとした。ちらっと蒼子さんの方を見る。目が合い、うなずくのが見えた。

航人さんはじっと黙っている。みんなもなにも言わず、航人さんを見た。

「そうですね」

ややあって、航人さんが口を開いた。

「治子さんの三回忌ですし、その話をしましょうか。治子さんからは、この話はみんなにしないで、って言われてたんですが、やっぱり伝えておきたい」

航人さんが姿勢を正し、大きく息をした。

「ひとつばたごからはいった皆さんにも何度か話したことがあると思いますが、ひとつばたごの前、僕は堅香子という連句会にいました。そこの冬星さんが大学時代の恩師で、僕に連句を教えてくれた人だった。ほんとうにお世話になったのに、僕は自分の個人的な都合で堅香子を去った」

低いしずかな声だった。

「その後、冬星さんは亡くなり、連絡を断っていた僕はそのことさえ知らなかった。蒼子さんと偶然会って話を聞いたときは呆然としました。蒼子さんに誘われて堅香子に行き、冬星さんの一周忌の連句を捌いたあと、僕はもう連句を巻くことはないだろう、と思いました。冬星さんにとんでもない不義理をしたし、連句の場にいる資格はない、と。でも、会のあとしばらくして、治子さんから手紙が来たんです」

手紙……？　祖母が？

「手紙には一周忌の連句会の感想が書かれていました。冬星さんが帰ってきたみたいだった、堅香子も解散することになったけれど、航人さんが捌いてくれるなら話は別だと思う、と。申し訳なくて、返事を書けなかった。でも、それから毎月治子さんから手紙が来るようになった。堅香子の思い出や、以前の冬星さんの句が書かれていて……」

航人さんはそこでいったん言葉を切った。

「『人々の心を照らし月静か』。治子さんが堅香子にはいったころの冬星さんの句です。人々の心にはいろんな想いがある。それを平等に照らしながら、月は遠くしずかである。連句会でこの句を読んだとき、心打たれたのを思い出しました。そのときはなぜかわからなかったけれど、治子さんの手紙を読んで、なにかわかったような気がしました」

「人々の心を照らし月静か」。しんとした句の言葉が胸のなかでかがやきはじめる。

「もしかしたら、冬星さんは自分をこの月のようなものだと思っていたのかもしれないって思ったんですよ。太陽のようにあたためることはできない、ただ遠くで光っているだけの存在だ、と」

月の光は冷たい。太陽の光のようにあたためてはくれない。太陽の光を反射して、ただひんやりとあたりを照らすだけ。

「月は孤独な存在です。若いころの僕はいつも孤独を感じていた。でも、連句を続けることで、自分のまわりの人たちもみなそうなのかもしれないなあ、と感じるようになった。僕は冬星さんと連句に救われたんです。そして、治子さんの手紙に書かれたその句を読んだときなぜか、また連句をしたい、という気持ちが湧いてきた」

祖母の手紙……。そういえば、わたしが大学生だったころ、祖母はよく手紙を書いていた。何日もかけて長い手紙を書き、書き終わるとていねいに折りたたんで封筒に入れていた。

「冬星さんの最期には会えなかったけれど、連句を続ければ冬星さんに会える。冬星さんの言葉を次の世代の人に伝えられる。冬星さんは僕に連句の楽しさを教えてくれた。それは生きることそのものだったんです。人はみんなひとりで、集まったからと言って孤独でなくなるわけじゃない。みんな月のように遠くからほかの人を照らすだけ。でもその光があれば生きていける。せっかくそんな大事なことを教えてもらったのに、捨ててしまったらそれこそ不義理だと」

いっしょに買い物に出かけたときに祖母が手紙をポストに入れるのを見たこともあった。投函したあと、ポストの前で目を閉じ、両手を合わせてお辞儀していた。

あれは航人さんへの手紙だったんじゃないか。

「堅果子を去り、冬星さんの死も知らなかった。僕はそんな自分を許せなかった。冬星さんが許さなかったんじゃない。僕自身が許せなかっただけ。そんなことで連句を捨ててはいけない。そのことに気づいて、治子さんに返事を書きました。あたらしい連句会を作ろうと思う、連句会の名前は『ひとつばたご』にしたい、と」

「そうだったんですか」

蒼子さんが言った。ハンカチで目尻をおさえていた。

「治子さんはわたしたちにはできないことをしてくれた。果林さんのときもそうだった。すごいわぁ。ほんとにかなわない」

桂子さんも笑いながら涙をにじませている。

それはきっと、祖母にとっても連句が大事なものだったから。

はじめて連句に参加したとき、祖母はぶらんこに乗る句を作ったと言っていた。子どもが小さかったころによく乗っていたぶらんこに、子どもが成長したあとひとりで乗った句を。

——きっとみんな子どもの話だって取るだろう、って思った。その方がよかったの。こんなおばさんがぶらんこに乗るなんて変だし、気づかれないと思って。

——でもね、冬星さんは短冊を見るなり、これは、子どもが巣立ったあとのお母さんの句でしょう、って。そう言ってわたしの目をじっと見た。びっくりしたの。こういう千里眼みたいな人がいるんだ、って。それが最初に取ってもらった句。

祖母はすごく驚いたけど、そのことで救われた、と言っていた。子どもが大きくなって、離れていく。だれにも打ち明けられないそのさびしさを汲み取ってもらった。そんなふうに心を照らされたのは、はじめてのことだったんだろう。

だから連句という場を失いたくなかった。きっと航人さんにもその気持ちが伝わったのだ。

「我々がいまここに集えるのも治子さんのおかげなんですね」

陽一さんが言った。

「そうですね。治子さんはまさに孤独な月たちをやさしく包む人だったんです」

航人さんの言葉を聞きながら、また少し祖母のことがわかった気がした。

5

月の句のあとには、久子さんの「冬近き日に産声を待つ」が付いた。「冬近し」が秋の季語である。

「あずきブックスの怜さんのことですね」

蛍さんが言った。

「わたし、じーんとしました。大きなお腹を触ったのははじめてで……」

そう言って、大きく深呼吸する。

「すごいなあ、わたしにもこんなことできるのかなあ、って」

「最初は怖かったんですけど、触ってみたら……。わたしもこんなふうに母のお腹のなかにいたんだ、と思ったら、なんか、すごく……すごいことだな、って。あ、すみません、語彙力崩壊してますね。でも、自分、いろんなことわかってるつもりになってたけど、まだ全然だなあ、って」

海月さんが恥ずかしそうに言った。

わかるなあ、と思った。義姉のお腹をさわったとき、わたしも同じようなことを思ったから。さっき蛍さんが海月さんの手を取って怜さんのお腹に導いたように、あのときは祖母がわたしの手を取って、大丈夫だよ、と言ってくれた。

祖父が亡くなる前も、その手を取るのが怖かった。死と、これから生まれてくる命。どちらもわたしの理解をはるかに超えたもので、それがこの世に存在していることが怖かった。触れたらそれを認めることになってしまう気がした。

わたしもそこから来て、そこに帰っていくというのに。いや、だからこそ、そういう場所があることも、それを認めるのも怖かった。

でも触れたとたん、怖いという気持ちがすごく小さなものに感じられた。ずっと大きなものがこの向こうにあり、わたしたちはそれを受け入れるしかない。

ぼんやりそんなことを思った。

「月のとなりに産声というのは、いい付け合いですね。治子さんとあたらしい命がならんでいるのも」

航人さんはそう言って、しずかに微笑んだ。

次は萌さんの「時経てど酒の肴にならぬ嘘」。

「うわあ、これはちょっと……。怖い句ですね」

直也さんが笑った。

「そうですね、こんなふうにいろいろ覚えられていると思うと……」

陽一さんも苦笑いする。

「生きてるあいだにはいろいろありますからね。妬みや恨みがあってこその人間」

「そうよねぇ。棘《とげ》も必要よ」

航人さんと桂子さんも笑った。

海月さんはほかの句も見ているのか見ていないのか、あいかわらず竜の句を大量に作り、航人さんの前に出している。

「ちょっと、前の句との付け合いとか、打越のこととかちゃんと考えてる？」

蛍さんが声をかける。

「考えてない！　わたしはとにかく竜の句を付けたいから！」

海月さんはシャープペンシルを握り、短冊に向かったまま答えた。

「いいねえ、若いねえ」

鈴代さんが笑った。だが、海月さんの句はすべて敗退し、次は悟さんの「針ねずみみな針供養して」がついた。針供養が春の季語らしい。

「棘には針を、と言いますか」

悟さんはにこにこ笑っている。でも、悟さんは弁護士さんなんだよなあ。かわいい句に見えて、針供養という言葉に深い意味がこめられているように思えてくる。

「さあ、次は花です」

航人さんが言った。みんな黙って短冊に向かい、少しずつ航人さんの前に短冊が出はじめる。わたしもなにか書かないと、と思ったとき、蒼子さんがすうっと短冊を出すのが見えた。短冊を目にした航人さんが息を呑むのがわかった。

「いいですね、こちらにしましょう」

一呼吸置いて、航人さんが言った。

その人のぬくもりといる花の夜

みんななにも言わなかった。

その人というのは茂明さんかもしれない。

生きている人とも、亡くなった人とも取れる。茂明さん、冬星さん、果林さん、祖母。遠く孤独な月の光がわたしたちのなかに住みついて、ほんのり心を照らしている。

「うん、いい句だ」

航人さんはもう一度そう言った。

「さて、今日は半歌仙ですからね。次が挙句です」

航人さんが言うと、蛍さんが、えっ、と声をあげた。

「そっか、忘れてた。半歌仙って早いですね」

「竜の句はどうするの？　あとチャンスは一回だよ」

鈴代さんが海月さんに訊く。

「大丈夫です。実はさっき、秘密兵器を見つけたんですよ」

海月さんがにまっと笑った。

「秘密兵器？」

萌さんが首をかしげる。

「春の季語で『竜天に昇る』って言うのがあってですね」

海月さんが得意気な顔で歳時記のページを指す。

「おお、ほんとだ。中国の『説文』によるって書いてある」

悟さんが言った。

「これを使えば、竜と春が両立できるんですよ」

「でも打越が針ねずみで場の句だから、人が出てこないとダメだよ」

蛍さんが言った。

「そうなの？　針ねずみがいても？」

「針ねずみは人じゃないから、場の句なの。出てくるのが人以外は全部場の句。宇宙人だろうとアンドロイドだろうと」

「うーん、不自由な世界だなあ。『竜天に昇る』だけで八文字もあるのに。……って、八文字？　『天に昇る』だけだと六文字だし。七七にするにはどうしたら……？　さらに、人も入れる？」

「自の句なら、動作だけ入れればいいんじゃない？　『見る』とか『乗る』とか」

鈴代さんが言った。

「わたしとしては、竜に乗るのはちょっとちがうんですよ。あくまでもこう、竜は遠いところにいる感じで……」

「『天に昇る』だと六文字ですけど、『天へと昇る』にすれば七になりますよ」

陽一さんが言った。

「あ、たしかに……」

海月さんは何度か指を折ったあと、一気に句を書く。

天へと昇る竜の影追う

「ああ、いいですね。じゃあ、これにしましょうか。粘り勝ち」

航人さんが笑った。

「やったー！　二句付いた。お姉ちゃんに勝った！」

海月さんが両手をあげた。

「お姉ちゃんは海月ちゃんの行動にひやひやして、句を作るどころじゃなかったんじゃないかなぁ」

鈴代さんが笑いながら言う。

今日はわたしも一句しか付いていない。でも満ち足りていた。

「それに、挙句はもうほかの人はだれも出せない雰囲気だったよ」

萌さんも笑った。

「そうですかぁ？　でも、結果がすべてですから」

海月さんはふふっと笑った。

「じゃあ、タイトルを考えましょうか」

航人さんが言った。

「一巻をながめて、印象深かった言葉をタイトルにするんだよ」

蛍さんが海月さんに言う。猫の子の髭、フリル揺らして、初心者マーク、みしりみしり、産声を待つ、竜の影追うなど、みんなから声があがる。

「迷いますねえ。でも今日は治子さんのお墓参りの会ですから、『お菓子番』はどうでしょうか」
航人さんの言葉にみんなうなずいた。

半歌仙「お菓子番」　　　捌　草野航人

入口の小さな町に風光る　　　桂子
　寝そべっている猫の子の髭　　　蒼子
種を蒔くわたしの後に付いてきて　　　悟
　フリル揺らして誇れ自分を　　　海月
夏の月遠く離れた舟ひとつ　　　鈴代
　右に曲がったおじいちゃんたち　　　蛍
今年こそ初心者マーク外したい　　　萌
　短き爪に色のせてをり　　　桂子
古日記めくるあなたの丸めがね　　　一葉
　みしりみしりと廊下踏む尼　　　久子

夢でしか行けない国に飛んでゆく　陽一
　半紙おさえる梨と洋梨　桂子
月明をやさしく包むお菓子番　直也
　冬近き日に産声を待つ　久子
時経てど酒の肴にならぬ嘘　萌
　針ねずみみな針供養して　悟
その人のぬくもりといる花の夜　蒼子
　天へと昇る竜の影追う　海月

ならんだ句をながめていると、「前の句とは付く」「前の前の句からは離れる」ということが、なんだかすとんとわかった気がした。付けるのも、糊代なしに接するだけ。そうして次に行くときは前と切れる。

わたしたちが生きることと似ている。接する、切れる。でも一点ずつつながっているから、ばらばらにほどけてしまうことはない。鎖のように。

これがもうひとつ前の句ともつながっていたら鎖がこんがらかってしまう。一本のつながりを作るためには、切れなければならない。切れるのは忘れるということじゃない。切れるから覚えている。

そういうことなのかな、と思った。

「海月さん、どうでしたか、連句は」

座敷を出るとき、久子さんが訊いた。

「そうですね、まあ、途中ちょっと大人の話すぎて、わたしなんかがここにいていいのかな、と思ったところもありましたけど、人生勉強になりました。連句自体もけっこうおもしろかったですし、お菓子もありますし、また来てもいいかな、と」

「あんたはまた、どうしてそう上から目線なの？」

蛍さんがぽんと頭を叩く。

「おもしろかったならよかったです。ぜひまた来てください」

航人さんが笑うと、みんなも笑った。

ひとつばたごに来てよかった、と思う。

連句を巻くのが楽しいとか、いろんな人と話せて勉強になるとか、もちろんそれもあるけれど、それだけじゃない。人には見えない部分がある。ふだんは気がつかないけれど、みんないろいろなものを抱えて生きている。

いっしょに連句を巻くと、それがわかる。世の中のすべての人もそうなのだ、と気づく。

これから生まれる命もあれば、もう帰らない命もある。耐えがたいこともあるけれど、みんなそれを受け入れて生きている。むかしからずっと。そうやって生きていくしかないし、それでも人は生きていける。

月のように遠くに浮かんだだれかの姿が、小さな希望になったりもする。もういない人のぬくもりとともにいることだってできる。

連句を巻くことで、そのことを知った。

——大丈夫だよ。

祖母の声を思い出し、うん、そうだね、大丈夫だね、と答えた。

引用文献

p.99「シジミ」は『現代詩文庫46 石垣りん詩集』(思潮社刊 一九七一年初版/二〇一〇年二三刷)五七頁、p.100「くらし」は同書六〇頁を底本としました。

六話に登場する半歌仙は、竹内亮さん、ゆきさん、江口穣さん、ナヲコさん、ヤンコロガシさん、千倉由穂さん、浅井洲さん、長尾早苗さん、長谷部智恵さんと巻いた半歌仙を一部変更して使っています。ご協力に深く感謝いたします。

本作品は、当文庫のための書き下ろしです。
なお、本作品はフィクションであり、登場する人物・団体は実在の個人および団体等とは一切関係ありません。

ほしおさなえ

1964年東京都生まれ。作家・詩人。1995年『影をめくるとき』が第38回群像新人文学賞優秀作受賞。2016年『活版印刷三日月堂　星たちの栞』が第5回静岡書店大賞を受賞。主な作品に、ベストセラーとなった「活版印刷三日月堂」シリーズのほか「菓子屋横丁月光荘」「紙屋ふじさき記念館」シリーズ、『三ノ池植物園標本室』（上下巻）、『金継ぎの家　あたたかなしずくたち』など多数がある。

だいわ文庫

言葉《ことば》の園《その》のお菓子番《かしばん》　孤独《こどく》な月《つき》

著者　ほしおさなえ

二〇二一年一〇月一五日第一刷発行

発行者　佐藤 靖

発行所　大和《だいわ》書房

東京都文京区関口一-三三-四 〒一一二-〇〇一四

電話 〇三-三二〇三-四五一一

フォーマットデザイン　鈴木成一デザイン室

本文デザイン　田中久子

本文イラスト　青井秋

本文印刷　信毎書籍印刷

カバー印刷　山一印刷

製本　小泉製本

ISBN978-4-479-30884-3

http://www.daiwashobo.co.jp